종남마검 편 **만학검전** 瞹
瞹
劍
篇

FANTASTIC ORIENTAL HEROES

한성수 新무협 판타지 소설

만학검전(晚學劍展) 2

초판 1쇄 찍은 날 § 2017년 09월 12일
초판 1쇄 펴낸 날 § 2017년 09월 19일

지은이 § 한성수
펴낸이 § 서경석

총괄팀장 § 최하나
편집 § 김경민 이종식

펴낸곳 § 도서출판 청어람
등록번호 § 제387-1999-000006호
등록일자 § 1999. 5. 31
어람번호 § 제2-2722호

주소 § 경기도 부천시 부일로 483번길 40 서경B/D 3F (우) 14640
전화 § 032-656-4452 팩스 § 032-656-4453
http://www.chungeoram.com
E-mail § chungeorambook@daum.net

ⓒ 한성수, 2017

ISBN 979-11-04-91457-7 04810
ISBN 979-11-04-91455-3 (세트)

만학검전 종남마검 편

FANTASTIC ORIENTAL HEROES

한성수 新무협 판타지 소설

2

도서출판 청어람

만학검전

종남마검 편

目次

第一章

강호 무림에 흔히 떠도는 얘기

"하아앗!"

북궁창성은 수중의 목도를 몇 번이나 강하게 휘둘렀다.

창파도법?

그렇게 격식을 맞춘 명가의 도법이 아니다. 그냥 마구잡이로 휘둘러 대는 것이었다.

하긴 북궁세가의 창파도법은 천하제일도법이라 불릴 정도의 초절정 도법이었다.

평상시 하나의 초식만 따라 하려 할지라도 끔찍한 고통과 초인적인 집중력을 필요로 했다. 내공을 사용할 수 없는 몸인 북궁창성으로선 어쩔 수 없는 일이었다.

그런 점에서 지금은 좀 다르다.

격식?

형식?

그딴 건 전혀 고려하지 않았다.

그냥 휘두른다.

있는 힘껏 자신의 의지대로 그냥 목도를 휘젓고 있었다. 마치 어제 처음으로 목도를 잡은 초심자처럼 말이다.

그 모습을 멀리서 지켜보는 그림자 하나.

다름 아닌 잠영쌍위의 둘째 월곡도 소화영이었다.

그녀는 오늘 하루, 숭인학관에서 초보 하녀로서의 역할을 충실히 이행하고 식당에서 과자 몇 개를 몰래 내왔다. 북궁창성에게 야식으로 가져다줄 요량이었다.

한데, 그는 처소에 없었다.

밤이 슬슬 깊어져서 하늘에는 두둥실 달까지 떠올랐는데, 감쪽같이 숭인학관을 빠져나간 것이다.

하지만 소화영은 당황하지 않았다.

이런 경우가 처음이 아니다.

과거 몇 번이나 북궁창성이 숭인학관을 빠져나가 홀로 향하는 비밀 장소가 있다는 걸 알고 있었다. 자신이 직접 깎은 목도와 함께 말이다.

'하지만 오늘은 다르다! 북궁 공자님은 지금 무공을 수련하고 있는 게 아니라 스스로에게 채찍을 가하고 있어! 마치 조금이라도 고통을 느끼고 싶은 것처럼……'

그게 그녀의 판단이었다.

그게 그녀를 슬프게 만들었다.

무엇 때문인지는 모르겠지만 병약한 자기 자신을 학대하고 있는 북궁창성에게 어떤 도움도 주지 못하는 게 안타까웠다. 수중에 들려 있는 과자 보따리가 저도 모르게 떨리고 있었다.

그렇게 얼마나 시간이 지났을까?

부아아앙!

마지막으로 전력을 다해 목도를 휘두른 기세를 견디지 못하고 북궁창성이 바닥에 자빠졌다.

"허억! 허억! 허어어어어억!"

숨결이 폭발할 것만 같다. 당장이라도 심장이 툭 튀어나올 것 같은 기세로 북궁창성은 숨을 헐떡거렸다.

그런데 표정이 묘하다.

조금 전까지 세상의 모든 슬픔을 짊어진 듯하던 그의 표정은 한결 평온을 회복하고 있었다. 마치 무언가 큰 마음의 짐을 내려놓은 것 같은 모습이다.

틀리지는 않았다.

실제로 북궁창성은 거친 호흡을 가다듬으며 점차 본래의

차분함을 회복하고 있었다.

'이 사형의 말대로구나! 창파도법의 형과 식을 잊고 내 마음대로 목도를 휘두르는 게 이처럼 기분이 좋을 줄은 몰랐어! 하지만 이대로 과연 괜찮은 걸까?'

북궁창성에게 오늘과 같은 모습을 권유한 건 이현이었다.

그가 지나가는 말로 던진, 가끔은 자기 마음대로 해보라는 조언을 귀담아 뒀다가 오늘 실행해 본 것이다.

이유는 단순하다.

악무산!

며칠 전, 이현에게 업혀 숭인학관에 온 동패 산동악가의 애송이!

그는 첫 만남서부터 북궁창성을 거슬리게 했다.

첫 번째로 사형 이현을 독차지했다.

그에게 찰싹 달라붙어서 떨어지려 하지 않았다. 북궁창성이 그에게 가르침을 청할 기회를 사전에 차단해 버렸다.

두 번째로 그는 부족함이 없었다.

서패 북궁세가와 우열을 가릴 수 없는 명문인 동패 산동악가 출신인 그는 이미 훌륭한 고수였다. 미증유의 힘을 지닌 이현에게는 견줄 수 없으나 평상시의 움직임이나 자세로 볼 때 상당한 무력을 갖췄음을 알 수 있었다.

물론 예상일 뿐이었다.

오늘 낮까지는.

하지만 그가 이현을 따라서 신형을 날린 순간, 북궁창성의 예상은 현실이 되었다. 억지로 숭인학관에서 버티고 있던 그의 자존감에 심대한 타격을 안겨준 것이다.

굴욕?

분노?

어떤 감정이 더 강한지 북궁창성은 알지 못한다.

사실 이런 감정에 휘둘리는 자신에 대한 혐오감이 더 큰 것 같기도 했다.

그래서 그는 한동안 무공 수련을 접으라던 이현의 명령을 외면하고 오랜만에 목도를 손에 들었다.

그냥 평소처럼 처소로 돌아갈 수 없었다.

어떻게든 꽉 막힌 가슴의 울혈을 풀어야만 했다.

그리고 지금 이 순간!

오랜만에 목도를 손에 쥐고, 창파도법이 아닌 자신의 호흡과 기력에 맞춘 도법을 힘껏 펼친 북궁창성은 엉망으로 주저앉아 있었다. 모든 기력을 단 한 점도 남기지 않고 몽땅 사용한 후 어린애처럼 바닥에 쓰러져 있는 것이다.

'어쨌든 오늘 얻은 소득은 억지로 창파도법을 수련할 때보다 현재의 몸 상태가 더 좋다는 것이다! 다른 자와의 쓸데없는 비교는 내 몸과 정신을 좀먹어 들어갈 뿐이니, 빨리 기분을 전환하는 게 옳을 것이다!'

오랜 좌절이 북궁창성을 단련시켰다.

그에게 어떤 상황에서든 빠르게 평정심을 유지할 수 있게 만들었다.

"후우우!"

천천히 거칠던 호흡을 가다듬은 북궁창성이 몸에 묻은 흙을 털고 목도에 의지해 일어났다.

밤이 진짜 깊었다.

이젠 내일 수업을 위해 숭인학관으로 돌아가야 할 때였다. 이현이 부탁한 숙제를 철저하게 준비해야만 했기 때문이다.

'북궁 공자님!'

소화영이 숭인학관으로 걸음을 옮기기 시작한 북궁창성을 눈물 어린 표정으로 바라보다가 얼른 뒤를 따랐다.

여전히 손에 들려 있는 과자.

아쉽지만 오늘 전해주기는 틀린 것 같다.

툭!

갑자기 자신 앞에 떨어져 내린 보퉁이를 보고 잠영쌍위의 첫째 은야검은 흠칫 놀란 표정이 되었다.

[월곡도, 이게 뭐지? 설마 그사이 이현이란 자의 수급을 베어온 것이냐?]

은밀한 기대감이 담긴 은야검의 질문에 소화영이 한심하다는 표정을 지었다.

'에휴, 그 괴물을 나 따위가 어떻게 수급을 자를 수 있다는 거람? 아마 우리 잠영쌍위는커녕 잠영은밀대 전원이 양의쌍첨진을 펼쳐서 암습을 가해야 3할 가량의 승산이 있을걸?'

3할의 승산!

그것도 꽤나 많이 쳐준 것이다.

양심상 그 이하의 승산을 언급할 수는 없었기 때문이다. 하지만 진짜 속내를 있는 그대로 말하자면 1할의 가능성도 없다는 생각이 들었다.

그만큼 이현은 무서웠다.

도대체 어느 정도의 무력을 지녔는지 감조차 잡히지 않았다.

어찌 됐든 그런 말을 은야검에게 말할 순 없었다.

자칫 북궁세가에 이 같은 말이 들어가면 어렵게 얻은 북궁창성과 함께할 기회를 잃어버릴지도 모른다. 그런 아까운 짓을 할 만큼 소화영은 양심적이지 않았다.

[아직 식사도 제대로 못하셨죠? 과자 좀 챙겨 왔으니까 드세요.]

[과, 과자?]

[예, 오늘부터 숭인학관에서 일하게 됐으니까 앞으로 종종 이런 거 챙겨 올게요.]

[그렇다는 건…….]

잠시 전음을 끊었던 은야검이 얼굴에 화색을 띠었다.

[…미인계가 성공했구나! 과연 우리 잠영은밀대 최고의 미녀로다!]

[훗! 과연 저를 인정해 주는 건 은야검 선배뿐이군요! 하지만 한동안 활동을 자제해야 할 것 같아요. 이현이란 자가 의외로 조심성이 있더라고요!]

[그게 정석일 테지. 그럼 언제 임무로 돌아올 것이냐?]

[기다리세요! 이현이란 자의 꼬리를 확실히 잡고 나면 제가 알아서 복귀할 테니까요!]

[그, 그래. 알겠다.]

[그럼 오늘 밤도 고생하세요.]

[응? 지금 나 혼자 또 밤을 새라는…….]

[어머, 시간이 벌써 이렇게 됐네? 숭인학관의 규칙이 원체 엄격해서 저는 이만 가볼게요!]

[…저, 저기!]

소화영이 자신을 부르는 은야검에게 손을 한 번 흔들어 주고 얼른 신형을 날렸다. 그에게 꼬투리를 잡힐 일을 만들고 싶지 않았기 때문이다.

그렇게 다시 혼자가 된 은야검.

순식간에 멀어져 가는 소화영을 망연하게 바라보던 그가 여전히 바닥에 떨어져 있는 보퉁이를 집어 들었다. 그리고 속에 있는 내용물을 풀어본 순간 썩어 있던 얼굴이 환하게 변했다.

[이렇게 좋은 과자를 가져오다니!]

당연하다.

본래 북궁창성에게 주려고 엄청 신경 써서 가져온 과자였으니까.

하지만 그런 사실을 은야검이 알 리 없다.

그는 과자 하나를 집어서 입으로 가져가며 문득 얼굴을 발그레하니 붉혔다.

'서, 설마 월곡도가 내게 마음이 있었던 것인가?'

이런 일, 아예 전례가 없진 않다.

오랫동안 함께해 온 잠영쌍위!

되돌아보면 끈끈한 동료라 할 수 있었다.

생사고락을 함께하면서 쌓은 신뢰와 동료애가 없을 리 만무하다.

그런 게 없이 어찌 자신의 등을 한 점의 의심 없이 맡길 수 있겠는가!

그러니 그런 신뢰와 동료애가 남녀 간의 애정으로 발전하지 말라는 보장이 없다. 그렇게 사내 연애를 하다가 혼인식까지

올린 동료도 분명 몇 쌍 존재했다.

하지만 은야검과 소화영은 제법 나이 차이가 많았다.

거의 삼촌과 조카 정도의 차였다.

그래서 여태까지 단 한 번도 소화영을 여자로 보지 않았다. 지금까지는 말이다.

'만약 월곡도가 내게 고백을 하면 어찌해야 하지? 가만 있자! 내가 그동안 모아놓은 돈이 얼마나 있더라……'

고민이 꽤나 구체적이다.

정말로 여태까지 단 한 번도 소화영을 여자로 보지 않았던 게 맞는 건지 의심스럽다.

어찌 됐든 그렇게 마음이 싱숭생숭해진 은야검의 머리 위로 떠오른 달이 점차 밝은 빛을 발하기 시작했다. 보름달은 아니나 거의 근접한 정도의 밝기였다.

백일창(百日槍)!

창을 익히는 데는 백 일이 소요되고

천일도(千日刀)!

칼을 제대로 쓰는 데는 천 일이 필요하며

만일검(萬日劍)!

검을 사용함에 경지에 오르기 위해선 만 일의 공을 들여야만 한다.

강호 무림에 혼히 떠도는 얘기다.

특히 검법을 주로 하는 문파에서는 그야말로 금과옥조(金科
玉條)처럼 여기는 말이기도 하다. 이 얘기를 토대로 검을 만병
지왕이라 숭배케 하기 딱 좋았기 때문이다.

하지만 자세히 들여다보면 그게 얼마나 허무맹랑한 말인지
알 수 있다.

아주 오랜 옛날부터 인류는 병기를 사용했다.

돌을 날카롭게 쪼고, 철기를 담금질해서 자연계의 맹수들
에게 없는 부분을 보충했다. 그리고 그들에게 사냥당하던 위
치에서 사냥하는 자로 자리매김했다.

자연계의 패자!

그렇게 인간은 모든 동물들을 제압했다.

다음 단계는 인간 대 인간의 싸움이었다. 대결이었다.

각자 세력을 형성하고, 더욱 날카로운 병기를 만들어서 인
간은 전쟁을 벌였다. 상대방을, 상대 세력을, 상대 국가를 이
기기 위해서 모든 걸 총동원했다.

당연히 병기는 발전을 거듭했다.

더욱 빠르게 살상하기 위해. 더욱 쉽게 살상하기 위해.

그 결과 중원의 패자가 된 제국에서 주병으로 삼게 된 게
바로 창이었다.

길고 단단한 장봉!

그 끝에 달린 날카로운 창날!

단 백 일만 연마하면 건장한 사내가 한 명의 훌륭한 전사가 된다.

천일도? 만일검?

전장을 단 하루라도 경험한 바 있는 자라면 코웃음 칠 일이다. 그런 식으로 오랫동안 고련해야만 쓸 만해지는 병기와 전사로는 전장에서 결코 살아남기 어려울 테니까.

그렇다.

창!

이 장병기야말로 전장에서 유일하게 인정받는 만병지왕이었다. 중원에서 세력을 잡았던 모든 제국의 주력 부대는 어느 때이든 기마가 중심이 된 장창 부대였던 것이다.

뭐, 어디까지나 일반론이다.

장창의 효용성과 살상력을 설명하기 위한.

무림에서는 어차피 장창을 패용하고 다니는 고수가 드물었기에 직접 그 위력을 목도한 자 역시 거의 없었다. 관부와 무림은 본래 오랫동안 상호 불가침의 원칙을 지키고 있었으니까 말이다.

그래서 오래된 사패 중 두 가문!

동패 산동악가와 북패 신창양가는 무림 중에 진귀한 위치를 점하고 있었다.

태생부터가 병가와 인연이 깊고, 현실에서도 관부에 많은 자제를 입조시키고 있는 그 두 가문의 신창술은 외경과 두려움의 존재였다. 무림 중에서 자주 볼 수 없기에 점차 신화적인 위치로까지 자리를 잡아가고 있었다.

그래서 이현도 조금 흥미를 가지고 있었다.

악영인을 만났을 때부터 쭉 유지되고 있었다.

그리고 지금 이 순간, 드디어 기회를 얻게 되었다.

찌룽! 찌르릉!

어느새 어둠이 밀려오며 주변에서 이름 모를 풀벌레 소리가 들려오기 시작했다.

문득 눈앞에서 장창과 하나가 되어 있는 악영인을 가늠하던 이현이 내심 눈을 빛냈다.

'자세는 좋군! 과연 명가의 후손이라고 할 수 있으려나? 하지만 아직 어린 나이에 얼마만큼 많은 실전을 경험해 봤을지 모르겠구나!'

통상적인 의구심이다.

특히 명가나 명문에서 귀하게 성장한 후기지수를 만날 때는 더욱 그러했다. 일류의 사부를 만나 일류의 무공을 익혔다고 해서 그자가 반드시 일류의 고수가 되는 건 아니기 때문이다.

한데, 갑자기 이현의 눈빛이 깊어졌다.

파아앙!

찰라 간에 당해 버렸다.

순간적으로 악영인이 기수식을 풀고 내친 일격!

명가 특유의 허례허식이 전혀 담기지 않은 순수한 전장의 창격술이 이현을 직격해 왔다.

그것도 상당한 거리를 단숨에 무용지물로 만드는 위세!

무형의 창격술!

이것이야말로 악가신창술을 중원의 양대 신창으로 평가받게 만든 위력이다. 어느 정도 눈앞의 악영인을 무시하고 있던 이현이 빈틈을 통렬하게 찌르고 들어온 일격이기도 하였다.

찌릿! 찌릿!

순간적으로 악가신창술의 무형쌍호난의 절초를 맨몸으로 받아낸 이현의 표정이 살짝 변했다.

'나이도 어린 녀석이 벌써 무형지기를 다뤄? 그것도 이렇게 자유자재로? 장난 아니네!'

오랜만에 이현은 가슴속 깊숙한 곳에서 투기가 끓어오르는 걸 느꼈다.

그만큼 대단했다.

수중에 악가창을 든 악영인이 말이다.

하지만 이현은 곧 조금 더 곤란한 상황에 처했다.

슈르르르륵!

첫 번째 일격이 먹힌 걸 확인하자마자 악영인이 공격에 더욱 박차를 가했다.

아니다.

이 속도는 결코 적당히 상황을 봐가면서 취한 행위가 될 수 없었다.

처음부터 작정했다.

자신의 기습에 가까운 일격이 이현에게 별다른 타격을 주지 않으리란 걸 상정하고 이격에 곧바로 들어갔다. 마치 당연히 그래야만 한다는 것처럼 말이다.

'실전에 능한 놈이었군!'

이현은 빨리 선입견을 지웠다. 자신의 판단이 틀렸다는 걸 인정했다.

그렇다면 반응이 달라진다.

마음가짐이 달라졌으니까.

팡! 파파파팡!

순간적으로 악영인의 매서운 창격이 대기를 뒤흔들었다. 미칠듯한 속도로 인해 대기에 엄청난 음파를 형성시켰다. 그럼으로써 이현의 감각에 타격을 입힌다.

이유는 자명하다.

대기를 가로지른 창격이 이현을 바로 앞에 둔 상태에서 변화를 보였다.

아니, 그렇다기보다는 사라졌다!

감쪽같이 모습을 감췄다.

그림자조차 남기지 않고 말이다.

그래서였을까?

"엇차!"

이현의 입에서 아저씨 같은 소리가 터져 나왔다. 흡사 달밤의 체조를 하는 것처럼 그는 몸을 기괴한 형태로 비틀었다. 악영인의 이차 창격이 맹렬한 음파를 동반한 채 감쪽같이 자취를 감춘 것과 동시에 그리했다.

그러자 악영인의 잘생긴 얼굴이 살짝 일그러진다.

'내 오감차단신창격을 이런 식으로 파훼하다니! 정말 괴물인 거냐?'

그가 첫 번째로 펼친 무형쌍호난!

간보기다.

충분할 정도로 실력을 감췄다. 자신보다 우월한 무공을 지녔다고 인정한 상대방을 방심시키기 위함이었다.

당연히 두 번째 펼친 오감차단신창격!

이것이야말로 진심이 담긴 공격이었다. 회심의 일격을 가함으로써 이현이 자신과의 싸움에 진심이 되게 만들려 했다.

승부?

그때부터 본격적인 시작이 될 터였다.

그러나 그 같은 의도가 담긴 회심의 일격인 오감차단신창격을 이현은 아무렇지도 않게 피해냈다. 연달아 변화한 수십 종류의 창격을 단숨에 무용지물로 만들었다.

게다가 단지 그뿐만이 아니었다.

파콱!

다음 순간, 발끝으로 바닥을 강하게 찬 이현의 신형이 상상을 초월할 만한 속도로 악영인에게 파고들었다.

반격!

기다리고 있던 바다.

악영인의 한 손이 장창의 끝을 잡고, 맹렬한 회전을 보였다.

회륜(回輪)!

자신을 향해 파고드는 이현을 회전하는 장창의 원심력 안에 가둔 악영인이 다시 변화를 보였다.

파격(破格)!

내려쳐서 파괴하기다. 원심력 안에 갇혀 버린 이현의 머리 위로 장창이 떨어져 내린다. 단숨에 그의 머리를 내려쳐서 아예 형체 자체를 없어지게 만들려 한다.

하나, 그때 이현의 수장이 불쑥 튀어나왔다. 악영인이 만든 회륜의 원심력을 뚫고 모습을 드러낸 것이다. 그리고 파격을 향해 직격해 들어가는 일격!

빠각!

악영인의 장창이 박살 났다.

단숨에 두 동강이 났다.

이현이 펼친 벽운천강수가 그의 신창파격의 일격을 오히려 박살 내버린 것이다.

그러니 이대로 결착?

아니다.

그리되지 않았다.

차앙!

순간, 자신의 장창을 포기한 악영인의 소매 속에서 날카로운 칼날이 튀어나왔다.

그리고 그 칼날은 벽운천강수를 펼치느라 훤하게 드러난 이현의 겨드랑이를 찔러간다.

마치 처음부터 이렇게 될 걸 알고 있었던 것 같은 반격!

이현의 의견은 달랐다.

'임기응변도 나쁘지 않은데?'

내심 눈을 빛낸 그가 무릎을 세웠다. 그리고 뛰어오른다.

퍽!

악영인이 휘청거리며 뒤로 물러났다.

숨겨 놓고 있던 칼날로 이현의 갈비뼈 사이를 찌르기 직전의 일이다. 순간적으로 뛰어오른 이현의 슬격(膝擊)에 아랫배를 타격 당해 버렸기 때문이다.

'다, 당했다!'

악영인이 이를 악문 채 이현을 노려봤다.

슬격을 허용한 후 그는 이어질 이현의 두 번째 공격을 대비했다.

승기를 잡은 상대!

단숨에 승부를 끝장 지어야만 마땅하다. 그게 바로 피와 죽음의 대지, 전장의 생사율법이었다.

'하지만 그는 날 놔줬다! 끝까지 무시를 당한 것인가!'

무시.

죽음보다 더욱 큰 굴욕은 무시다. 모욕을 당하는 것이었다.

"어째서 끝장을 보지 않은 것인가!"

"그럴 필요가 없으니까."

"감히!"

악영인이 노성을 터뜨리며 이현에게 재차 공격을 가하려다 얼굴을 일그러뜨렸다.

고통!

한 박자 늦게 찾아왔다. 이현에게 갑자기 허용한 평범한 슬격 한 방이 악영인의 몸을 철통같이 보호하고 있던 호체신공을 단숨에 무너뜨려 버린 것이다.

비틀!

무릎에서 힘이 빠지는 걸 느끼며 악영인은 쥐고 있던 칼날을 뻗어서 땅에 박았다. 그렇게 해서라도 바닥에 쓰러지고 싶지 않았다.

한데, 그때다.

슥!

갑자기 악영인의 바로 코앞까지 다가온 이현이 입을 벌려 더운 숨결을 쏟아냈다.

"훅!"

"아!"

악영인이 자빠졌다. 이현이 내뱉은 숨결 한 모금에 관외의 전신이라 불리던 혈사대 대주 파천폭풍참 악영인이 무너져 버리고만 것이다.

'망할!'

악영인이 바닥에 주저앉아 숨을 헐떡였다. 여전히 가시지 않은 복부의 고통을 참아내는 것만으로도 남아 있는 기력의 대부분이 빠르게 소진되고 있었다.

슥!

이현이 그 앞에 쭈그려 앉았다.

"악가 창법, 잘 봤다!"

"……."

"하지만 그 정도 가지고는 아직 천하제일인에게 덤비긴 힘드니까 그만 산동성으로 돌아가라!"

"…그럼 형님은 어떻수?"

"나?"

"그렇수. 형님이라면 화산파의 운검진인한테 한번 들이대 볼 수 있을 것 같은데요?"

"흠."

이현이 잠시 고민에 빠진 표정을 지어 보였다. 악영인의 말에 마음이 흔들린 것 같은 모습이다.

잠시뿐이었다.

곧 고개를 가볍게 흔들어 보인 그가 말했다.

"나는 대과를 준비하고 있잖아. 공부해야지 어딜 화산까지 늙은이를 찾아가겠냐?"

'공부, 안 하잖아요!'

악영인이 다소 어이없다는 표정으로 이현을 바라봤다. 그가 공부를 그다지 좋아하지 않을 뿐 아니라 목연이 내준 과제 역시 대부분 북궁창성에게 떠밀고 있는 걸 알고 있었기 때문이다.

그래서 조금 새침한 표정이 된다.

"대과 급제해서 뭘 하시려고요?"

"보국안민! 나라와 국민을 위해 이 한 몸을 바쳐야지!"

"나라와 국민, 모두 형님한테 그런 걸 바라진 않을 것 같습니다만?"

"그럴까?"

"예, 분명히!"

"흠."

다시 이현이 고민하는 표정이 되었다.

가식이다.

그도 악영인이 한 말에는 대부분 동의하고 있었다. 애초부터 글공부가 하기 싫어서 어린 나이에 유가장에서 야반도주를 했던 몸이다. 이제 와서 다 늦게 글공부에 불타오르게 됐다면 지나가는 개가 웃을 일이었다.

그래도 일단 시작한 거, 끝을 봐야 한다.

그게 이현이란 사람이었다.

까닥!

문득 고개를 한 차례 옆으로 흔들어 보인 이현이 씨익 웃어 보였다.

"뭐, 그건 국가나 국민이 걱정할 일이고."

"예?"

"나는 그냥 대과에서 급제를 할 거야. 그렇게 마음먹었으니까 더 이상 이 일에 대해선 말을 삼가도록!"

"그럼 형님도 저더러 산동으로 돌아가란 말 같은 건 하지 마십쇼!"

"그러지."

언제 악영인에게 권유를 했냐는 듯 태도를 싹 바꾼 이현이 쭈그려 앉은 자세를 풀고 일어섰다.

그새 밤이 완전히 깊었다.

달빛만이 두 사람의 주변을 밝히고 있었다.

"걸을 수 있어?"

"그야 당연히……."

발끈해서 목청을 높이던 악영인이 갑자기 무슨 생각이 들었는지 고개를 가로저었다.

"…아파서 전혀 못 걷겠수다!"

"그럼 업어주랴?"

"업어주세요!"

악영인이 이현에게 양손을 내밀어 보였다. 언제 한 자루 장창을 꼬나들고 덤벼들었냐는 듯 완전히 떼쟁이 어린애가 되었다.

'역시 좀 지나쳤나?'

방금 전, 이현이 펼친 슬격에는 현천건강기의 진수인 선천일원천강기(先天—元天罡氣)가 담겨 있었다. 가벼워 보이는 동작과는 달리 어떠한 호신강기라도 단숨에 무력화시킬 법한 강대한 기운이 내재된 공격이었던 것이다.

그래서 이현은 악영인이 떼를 부린다고 생각하지 않았다.

적어도 한 시진이 지나기 전까지는 몸속에 파고든 선천일원천강기의 기운이 소멸하지 않을 테니까 말이다.

슥!

이현이 등을 내보이자 악영인의 눈매가 잠시 갸름해졌다.

'믿음인가? 자신감인가?'

어느 쪽이든 마음이 복잡해질 것 같다.

정말 그랬다.

＊   ＊   ＊

흑랑방.

평상시처럼 밤늦게 잠자리에 들었던 거령신권패 위무진은 밖에서 들리는 시끄러운 소란에 눈을 떴다.

아직 정오도 되지 않은 시각.

흑랑방의 주인이자 청양 일대 흑도를 다스리는 거물인 위무진이 결코 눈을 떠서는 안 되는 때였다. 충분한 수면은 건강과 원활한 업무 수행에 매우 중요한 요인이었기 때문이다.

마찬가지로 위무진의 곁에 전라 상태로 누워 있는 세 명의 여인들 또한 마찬가지다.

그녀들은 청양 일대의 기녀원에서 고르고 골라 뽑힌 명기들인지라 하나같이 아침에 무척이나 취약했다. 본래 미인은 잠꾸러기라고 하지 않았던가?

'그런데 어떤 간덩이가 배 밖으로 튀어나온 놈이 감히 아침 댓바람부터 본방에 쳐들어왔단 말인가! 설마 개방의 위풍걸 개? 아니야! 그 술주정뱅이 거지놈에게 이런 짓을 벌일 용기가 있을 리 만무하지! 혹시 그 밑에 있는 풍운삼개의 대형 장팔사모 장오란 털북숭이 애송이면 몰라도 말야!'

청양의 무림에서 유일하게 위무진이 신경 쓰는 건 개방의 청양 분타주인 위풍걸개였다. 그의 무공이나 인물됨은 무시하고 있으나 개방이라는 대방파의 이름값과 저력은 신경 쓰지 않을 수 없었다.

그래서 그동안 은밀하게 개방의 청양 분타를 탐색해 왔는데, 위풍걸개의 바로 밑 이인자라 할 수 있는 장팔사모 장오가 눈에 거슬렸다. 종종 흑랑방의 행사에 아우들인 용호권 운호와 팔비수 호평을 데리고 난입해서 귀찮은 일을 만들어내곤 했기 때문이다.

그러나 어디까지나 청양의 개방 책임자는 위풍걸개였다.

장팔사모 장오를 비롯한 풍운삼개와 분쟁이 벌어질 때마다 위무진은 위풍걸개에게 사람을 보내곤 했다. 그에게 적당한 압력과 돈질을 해서 풍운삼개를 잠잠하게 만들곤 했다. 그게 흑랑방 입장에선 가장 싸게 먹히는 방법이라는 합리적인 판단이었다.

그러니 개방에 대해선 걱정할 필요가 없다.

일단 머릿속에서 가능성 자체를 지워 버렸다.

그렇다면 누굴까?

어떤 자가 감히 청양 일대 흑도의 지배자인 위무진의 아침 잠을 설치게 만들고 있냐는 말이다!

내심 짜증을 느끼면서도 위무진은 근육질의 몸을 천천히 일으켜 세웠다.

"아아앙!"

"또 하려고요?"

"방주님, 정력이 너무 대단하잖아요! 우리 조금만 쉬었다가 해요옹!"

위무진이 몸을 일으키는 서슬에 전라 기녀들이 잠투정 섞인 비음을 터뜨렸다. 밤새 그녀들을 몇 번이나 괴롭혔던 위무진이 아침부터 다시 음심이 동했다고 생각한 것이다.

찰싹! 찰싹!

그러자 위무진이 그녀들의 엉덩이를 때리며 입가에 음소를 매달았다.

"흐흐, 이년들아. 잠이나 더 자고 있거라! 이 어르신은 잠시 나갔다 와야 할 것 같으니까!"

"아이잉!"

"아파요!"

엉덩이를 얻어맞은 기녀들이 다시 옹알거림을 터뜨렸을 때였다.

"방주님, 구지충입니다!"

위무진의 고리눈에 차가운 기운이 서렸다.

"어떤 놈들이 몰려온 것이냐?"

"성원장의 천살검 우종으로 보이는 자가 대문을 박살냈습니다."

"우종? 성원장의 살무대주를 맡은 놈이 아니냐?"

"예. 게다가 살무대만 이번에 몰려온 건 아닌 것 같습니다."

"구망 녀석이 했던 말이 사실이었구나! 네놈이 했던 말과는 달리 말이다!"

강한 책망의 기색이 담긴 위무진의 말에 구지충의 목소리가 떨려 나왔다.

"죄, 죄송합니다! 하지만 제가 그동안 성원장 쪽에 들여보낸 아이들의 정보대로라면……"

"틀린 정보를 전달해 주는 놈들을 믿는단 말이냐?"

"…면목 없습니다! 이번 사태가 해결되는 대로 반드시 제대로 된 정보망을 구축하도록 하겠습니다!"

"몽땅 물갈이를 해야 할 것이다!"

"명대로 하겠습니다!"

"좋아. 그건 그렇고……."

잠시 말끝을 흐린 위무진이 침상 밑에 아무렇게나 벗어놨던 장포를 집어 들었다. 그의 두 눈이 살기로 번들거렸다.

"…오늘 흑랑방에 쳐들어온 놈들은 단 한 명도 살려 보내선 안 될 것이다!"

"이미 천라지망이 작동하기 시작했습니다! 제아무리 성원장의 상귀(商鬼) 녀석들이 칼잡이를 많이 고용했다 해도 우리 흑랑방과의 격차만을 깨닫는 날이 될 것입니다!"

"그것만으로 끝내서야 되겠느냐?"

"하오면?"

"오늘 흑랑방을 공격한 녀석들을 모조리 쓸어버린 후 이참에 성원장까지 정리하도록 한다!"

"방주님, 뜻은 알겠으나 그건 불가합니다!"

"또 성원장의 배후에 섬서성의 지부대인이 있다는 말 따위를 하려는 것이냐?"

"어쩔 수 없는 현실입니다! 관부와 척을 지고서 우리 흑랑방의 미래는 없지 않겠습니까?"

"성원장을 정리한 후 그곳의 지분을 절반쯤 떼어서 지부대인에게 뇌물로 주면 될 일이다."

"하오나!"

"게다가 성원장이 주관하고 있는 표국과 상단은 우리 흑랑방의 사업에 향후 꽤 큰 도움이 될 것이다! 내 이미 마음의 결정을 내렸으니, 더 이상 딴 말을 하지 말라!"

"......"

구지충이 생각 이상으로 강한 위무진의 말에 입을 다물었다. 여기서 다시 항변이나 반박을 했다가는 목숨이 날아갈 수도 있다는 걸 경험을 통해 알고 있었기 때문이다.

'하나 방주님의 이번 결정은 분명 흑랑방 전체에 큰 화근이 될 것이다! 본래 관부와 연결된 상단은 건드리는 것이 아닌 것을……'

구지충은 내심 한탄을 했다.

그게 지금 그가 할 수 있는 일의 전부였다.

그때 방문이 열리며 평상시처럼 옷을 차려 입은 위무진이 모습을 드러냈다.

"그럼 놈들을 박살 내러 가볼까?"

"소인이 앞장서겠습니다!"

언제 우려의 표정으로 한탄했냐는 듯 구지충이 충성스럽게 외쳤다.

그게 여태까지 그가 흑랑방에서 승승장구한 비결이었다.

이번에도 통할지는 모르겠지만.

第二章

군군(君君), 신신(臣臣),
부부(父父), 자자(子子)

목연은 아침부터 고운 아미를 찡그리고 있었다.

수일 전이었다.

그녀는 머리맡에 놓여 있는 몇 통의 각서를 발견하고 의혹에 빠졌다. 아버님과 어머님의 연속된 병구완 때문에 정리한 숭인학관의 재산 중 일부를 돌려주겠다는 내용이 유현장주의 서명과 함께 적혀 있었기 때문이다.

이해할 수 없는 일.

그녀는 이해하지 않기로 했다.

학생 중 누군가 장난을 친 것이라 생각한 것이다.

한데, 오늘 아침 깜짝 놀랄 만한 일이 발생했다. 유현장 쪽으로 전달돼야 할 사업체의 수익금이 인편으로 그녀에게 왔기 때문이다.

이해할 수 없는 일.

더욱 이해할 수 없게 되어버렸다.

그렇다면 이젠 목연으로서도 그냥 넘길 수 없었다. 반드시 어찌 된 연유인지 밝혀내야만 했다.

'내가 아는 유현장주님은 학문에 뜻을 둔 학사답지 않게 이재에 밝은 분이셨다. 그런 분이 아무런 이유 없이 사업체를 도로 넘겨줬을 리 만무할 터! 호, 혹시 혼인에 대한 예물을 미리 보내신 걸까?'

생각을 거듭하던 목연의 얼굴이 창백하게 변했다.

전날 그녀는 유현장의 둘째 유정상에게 백주대낮에 농락을 당할 뻔했었다. 당시 정체를 알 수 없는 무림 고수의 도움으로 위기에서 벗어나긴 했으나 심적인 충격은 극심했다. 그 후 다시는 약초를 캐러 산에 오르지 못하고 있을 정도였다.

그러나 곧 목연의 창백해졌던 얼굴이 발그레하니 변했다.

문득 유현장과 유정상에 관해 떠돌기 시작한 소문이 생각난 것이다.

'그런 것은 아닐 것이다! 유현장의 유정상 공자는 하, 하체를 다쳐서 여인을 멀리할 수밖에 없는 몸이 되었다는 소문이

돌고 있으니까 말야! 그럼, 도대체 이게 어찌 된 일인 걸까?'

고민을 거듭하던 목연이 천천히 고개를 가로저었다.

역시 모르겠다.

평생 부친을 존경하며 학문에만 정진해 왔던 그녀에게 이런 일은 너무 어려웠다.

그러다 그녀는 갑자기 북궁창성이 생각났다.

우연히 알게 된 그의 가문!

당금 천하제일세가인 서패 북궁세가의 찬란한 위명을 떠올린 것이다.

'역시 북궁 공자와 관련된 일일까?'

그럴듯하다.

생각하면 할수록 그런 것 같았다.

그래서 목연은 확인을 해봐야겠다는 생각이 들었다.

이곳은 학관이었다.

심신을 정갈히 하고, 학문을 도야(陶冶)하는 곳이었다. 무림의 인물이 무력을 동원해서 타인을 억압하는 것을 묵과할 수는 없었다.

'응? 왜 목 소저가 북궁 공자님의 처소로 가고 있지?'

아침부터 부지런히 하녀의 임무를 충실히 수행하고 있던 소화영의 눈에 이채가 어렸다.

그녀는 내심 목연에게 감탄하고 있었다.

첫 만남부터 그녀의 인품과 아름다움에 마음 깊이 감명을 받았다.

하지만 그건 어디까지나 그때뿐이었다.

객관적으로 볼 때 목연은 소화영보다 미인이었다.

몸매는 소화영도 꿀리지 않았다.

오랫동안 무공으로 단련된 탄탄하고 늘씬한 소화영의 몸매는 천하의 어떤 여인과 비교해도 자신 있을 만큼 훌륭했다. 적어도 그녀 자신은 그렇게 생각하고 있었다.

하지만 얼굴은 좀 다르다.

오랜 무공 수련으로 인해 피부가 조금 상했고, 화장술도 어색해서 목연의 투명하고 청아한 미모와 비교할 때 확실히 손색이 있었다.

그런 점을 부인할 수 없었다.

그래서 목연은 곧 소화영이 가장 신경 쓰는 존재가 되었다.

이런 미인이 북궁창성의 글선생이었다.

그와 거의 하루 종일 함께했다.

내심 북궁창성을 정인으로 품고 있던 터에 목연을 신경 쓰게 된 것도 무리는 아니었다.

'따라가 봐야겠다!'

깃던 물동이를 바닥에 내동댕이친 소화영이 은밀하게 목연의 뒤를 따르기 시작했다.

이미 숭인학관에 침투한 본래의 목적을 상실한 그녀였다.

잠시 후.

청풍채를 이현에게 내준 후 북궁창성이 머물고 있는 객관의 상방 앞에 이른 목연이 부드러운 목소리로 말했다.

"북궁 공자, 혹시 잠시 시간을 내줄 수 있을까요?"

"아, 예!"

상방 안에서 이현이 대답과 함께 문을 열고 밖으로 나왔다. 언제나와 같이 의관을 정제한 모습이 그야말로 한 폭의 미학 사도에서 방금 튀어나온 것 같다.

목연이 자신을 향해 정중하게 읍을 해 보이는 북궁창성에게 마주 예를 갖춰 보이고 말했다.

"북궁 공자, 제가 한 가지 물어보고 싶은 일이 있어서 찾아왔습니다."

"말씀하십시오."

"전날 제 머리맡에 몇 통의 서신이 놓여 있었습니다. 이 일에 관해 북궁 공자는 알고 계신 일이 있으신지요?"

"그건……."

북궁창성이 말을 이으려다 준미한 눈살을 가볍게 찌푸려 보였다. 목연의 머리맡에 놓인 서신이 숭인학관의 학생이 남긴 연서라는 생각이 들었기 때문이다.

'…목 소저를 연모하는 학생들이 몇 명 있는 걸로 안다. 내가 여기서 그들의 이름을 언급하거나 아는 척을 하는 건 결코 군자가 취할 도리가 아닐 것이다!'

내심 생각을 정리한 북궁창성이 천천히 고개를 가로저었다.

"송구하오나, 소생은 그 일에 대해 아는 바가 없습니다."

"확실하신지요?"

"제가 어찌 목 소저에게 거짓을 고하겠습니까? 정말로 소생은 이 일에 관해 아는 바가 없습니다."

"알겠습니다."

목연이 북궁창성의 눈을 지그시 바라보다 천천히 고개를 끄덕여 보였다.

그녀는 보았다.

항상 한 점의 티끌도 보이지 않던 북궁창성의 눈빛이 가볍게 흔들리고 있음을 말이다.

하지만 여기서 더 추궁할 순 없었다.

어차피 북궁세가의 자손인 그를 숭인학관에 받아들일 때부터 어느 정도는 각오했던 바였다.

학관의 운영비를 위해 무림 세가의 후손을 받아들이는 걸 수용한 이상 참고 넘어갈 수밖에 없었다. 그게 선택을 한 그녀가 감당할 몫이었다.

'하지만 분명히 해둬야만 한다! 다시는 북궁세가의 힘을 빌려서 청양의 사람들을 억압하지 않게 하기 위해서!'

내심 생각을 정리한 목연이 조금 딱딱해진 표정으로 말했다.

"북궁 공자께서도 아시다시피 숭인학관은 학사의 길을 걷는 분들이 학업과 인격을 도야하는 곳입니다. 혹시 무림 세가의 자제로서 눈에 거슬리는 일이 있다 해도 이곳의 규율에 따라주셨으면 합니다."

'목 소저께서 내가 밤마다 목도를 들고 무공 수련을 하는 걸 눈치채신 것인가?'

내심 마음이 뜨끔한 북궁창성이 얼른 정중하게 허리를 숙여 보였다.

"혹여 목 소저께 누를 끼쳤다면 죄송합니다! 앞으론 숭인학관의 규율을 어기지 않도록 주의하겠습니다!"

"예, 부탁드리겠습니다. 그럼, 저는 이만!"

목연은 당황한 표정이 역력한 북궁창성을 잠시 바라본 후 천천히 돌아섰다. 역시 자신의 예상대로 이번 일을 벌인 사람은 북궁창성이 분명하다고 그녀는 확신했다. 그렇지 않고서야 이렇게 당황할 리 없을 테니까 말이다.

'그래도 다시는 같은 행동을 하지 않겠다고 말해주니, 고맙구나! 다른 사람이 아닌 북궁 공자의 말이니, 믿어도 될 거야!'

다른 사람!

굳이 길게 생각할 것도 없다.

근래 숭인학관에 들어온 사람. 항상 공부 시간에 딴짓을 하는 사람. 숙제를 항상 남의 힘을 빌려서 풀어오는 사람. 어느새 목연에게 두통을 안겨주는 사람이 된 이현이었다.

오늘 수업 시간에는 또 어떤 두통거리를 안겨줄 것인가?

이현을 떠올리며 자신도 모르게 안색이 굳어진 목연이 식당으로 걸음을 옮기다 눈에 이채를 띄었다. 저 멀리, 숭인학관의 담장 밖으로 훤한 불길이 치솟아 오르고 있는 광경을 발견했기 때문이다.

'저쪽은 청양 시내 쪽인데, 얼마나 큰불이 났기에 시외에 있는 우리 학관에까지 화광이 보이는 걸까?'

의구심은 잠시였다.

곧 목연은 안색을 굳히고 발걸음을 빨리했다. 얼른 청양 시내에 난 불을 끄러갈 사람들을 모으기 위함이었다.

'뭐지? 뭐야!'

소화영은 북궁창성과 목연의 대화를 듣기 위해 전력을 다해 천시지청술을 펼치고 있었다.

어떻게든 심각해진 두 사람의 대화를 엿듣기 위함이었다.

하지만 거리가 너무 멀리 떨어져서인지 소화영의 노력에도 불구하고 두 사람의 대화는 잘 들리지 않았다. 중간중간 몇 개의 불완전한 단어만 겨우 알아들을 수 있을 뿐이었다.

그게 사람을 감질나게 만든다.

특히 목영이 말한 '머리맡의 서신'과 북궁창성의 화답 중 '누를 끼쳤다'는 대목은 소화영을 안달나게 만들었다. 마치 두 사람이 연서를 주고받는 상황 같았기 때문이다.

그래서 소화영은 천시지청술을 펼치다 못해 두 사람이 있는 객관 쪽으로 고개까지 쑤욱 뺐다. 어떻게든 조금이라도 더 가까이 가서 대화를 듣고 싶다는 의지의 발로였다. 그녀에게는 지금 이 순간이 너무나도 중요했다.

한데, 바로 그때였다.

"뭐 하냐?"

움찔!

갑자기 천시지청술을 뚫고 들어온 익숙한 한마디에 소화영은 온몸이 경직되었다.

돌이라도 된 듯싶다.

아니다.

그보다는 그냥 돌이 되고 싶었다. 어느새 그녀가 목을 쑤욱 빼고 있던 곳에 쭈그려 앉아 있는 이현의 모습이 눈에 들어왔기 때문이다.

스으윽!

소화영은 오랜 고련으로 형성된 유연성을 발휘해 객관 쪽으로 쏠려 있던 몸을 바로 했다.

'좋아! 자연스러웠어!'

소화영은 내심 주먹을 꽉 쥐어 보였다.

정신 승리다.

그렇게라도 현실 도피를 하고 싶었다.

그러나 이현이 그녀를 그냥 내버려 두지 않았다.

"북궁 사제한테 할 말이 있으면 나한테 부탁하면 되잖아!"

"없거든요!"

"그래?"

"그래요!"

"그럼 뭐, 북궁 사제한테 가서 말해도 괜찮지?"

"뭘 말하겠다는 거예요!"

소화영이 다급하게 소리친 후 얼른 이현의 앞을 가로막아 섰다. 그가 혹시라도 진짜 자신이 말한 대로 할까 봐 겁을 집어먹은 것이다.

씨익!

이현의 입가에 미소가 매달렸다. 소화영이 자신이 내민 미끼를 덥석 물었다는 판단이었다. 그래도 일단은 시치미를 뗀다.

"그런데 오늘 반찬은 어떻게 되지?"

"그건 알아서 뭐 하게요?"

"역시 북궁 사제한테 가야겠다!"

"산나물하고, 계란볶음이에요!"

"계란볶음!"

"예?"

"계란볶음으로 한 그릇 가져다 달라구."

"……."

소화영이 진심을 담아 이현을 노려봤다. 그가 자신을 숭인학관에 하녀로 들인 이유를 알 것 같았기 때문이다.

하지만 여기에서 무엇을 더 하겠는가.

곧 이현을 노려보기를 포기한 소화영이 한숨과 함께 항복 선언을 했다.

"청풍채로 가져다주면 돼요?"

"응."

이현이 언제 협박했냐는 듯 한껏 밝고 다정한 표정을 지어 보였다.

한데, 갑자기 이현이 고개를 갸웃해 보였다.

화광!

시선을 돌리던 중 숭인학관 담 너머로 뭉클거리며 솟아오르고 있는 불기둥을 발견한 것이다.

'불났네?'

단지 그뿐이었다.

목연과 달리 그는 곧 숭인학관 담 너머 청양 시내에서 활활 타오르고 있는 화재에 대해 관심을 끊었다.

어느새 배가 등에 달라붙어 있었다.

어서 청풍채로 달려가서 소화영이 가져올 계란볶음으로 식전 요기를 해야만 했다. 그 후에 할 식사는 덤이고 말이다.

뎅뎅뎅뎅뎅!

숭인학관의 중심인 인재당에서 울려 퍼진 종소리에 이현은 청풍채를 벗어났다.

그새 소화영이 가져온 계란볶음 한 그릇을 싹싹 긁어 먹었다.

아직 배가 부르기엔 이르나 조금 힘이 났다.

인재당까지 걸어가는 정도는 할 수 있을 듯했다.

물론 그 같은 사람만 있는 건 아니었다.

"형님! 형님!"

이현에게 창을 꼬나들고 대들었다가 죽도록 얻어맞고도 태도가 전혀 변하지 않은 악영인이다. 그는 평소처럼 활기찬 표정으로 청풍채로 달려와 이현에게 대뜸 몸을 날려 왔다.

슥!

이현은 받아주지 않았다.

간단히 악영인의 육탄돌격을 피한 그가 퉁명스레 말했다.

"너, 아직 여기 있었냐?"

"무슨 섭섭한 말씀이시우? 내가 가긴 어딜 가는데요? 그딴 말은 서로 간에 하지 않기로 했잖수!"

"누가 산동으로 가랬냐?"

"그럼 어디로 가라는 거유?"

"화산."

이현이 밉살맞게 말하자 악영인이 도톰한 입술을 귀엽게 내밀어 보였다.

"나는 그냥 형님 곁에 있을라우."

"천하제일인을 보고 싶어서 섬서 땅에 왔다며?"

"뭐, 그 마음은 아직 변하지 않았수."

"……."

"근데 그건 그렇고. 갑자기 웬 타종이유?"

"낸들 알겠냐?"

이현이 어깨를 가볍게 으쓱해 보였을 때였다. 뒤늦게 객당을 떠나 온 북궁창성이 두 사람에게 다가와 이현에게 인사하고 말했다.

"사형, 인재당으로 가시지요."

"역시 인재당이냐?"

"예, 타종성이 열 번 울렸으니 학관의 학생들은 전원 인재당에 모여야만 합니다."

"역시 전체 소집령이었구만. 그런데 왜 목 소저가 학생들을 인재당으로 집결시키는지 아는 거 있냐?"

"그건 아무래도……."

북궁창성이 시선을 청양 시내 쪽으로 던졌다.

그 역시 담 밖으로 불기둥이 치솟는 걸 봤다. 그만큼 이번에 청양 시내에서 일어난 화재는 규모가 컸던 것이다.

이현이 눈살을 찌푸려 보였다.

"결국 불 난 것 때문인가?"

"그런 것 같습니다. 아무래도 청양 시내에서 저만한 규모의 화재가 일어났으니 우리 같은 학사들이라도 화재 진압에 한 팔의 힘을 거드는 게 도리가 아니겠습니까?"

"일반적인 화재라면 그러는 게 옳을 테지."

"예?"

이현의 미묘한 속내가 담긴 말에 북궁창성의 맑은 눈이 이채를 발했다.

하나 그는 더 이상 질문할 수 없었다.

어느새 성큼성큼 인재당을 향해 걸어가기 시작한 이현과 그의 곁에 찰싹 달라붙은 악영인을 뒤따라가는 것만도 바빴기 때문이다.

인재당.

목연의 타종성을 듣고 숭인학관의 학생 십여 명이 모여들어 웅성거리고 있었다.

학생들의 얼굴에는 어리벙벙한 표정이 가득했다.

인재당의 타종!

숭인학관에 입학한 후 처음이다.

수선스러워진 것은 어쩌면 당연한 일일지도 모른다.

그때 느긋한 걸음으로 이현 일행까지 인재당에 도착하자 기둥에 매달린 종 앞에 서 있던 목연이 목청을 높였다.

"현재 청양 시내에서 큰불이 났습니다! 우리 숭인학관은 오랫동안 청양 사람들과 함께해 온 만큼 그냥 보고만 있어선 안 될 거라 생각합니다!"

"옳소!"

이현이 목청을 높이며 박수를 쳤다.

"이 공자, 조용히 해주세요!"

목연이 살짝 면박을 주자 이현이 얼른 입을 다물었다. 글스승으로 삼고 있는 목연의 심기를 거스를 수 없었기 때문이다. 물론 내심 불평불만은 확실하게 토로한다.

'목 소저! 목 소저! 비록 나보다 훨씬 글공부를 많이 했지만, 세상의 이치에는 너무나 어둡구려! 불이 활활 타오르고 있는데, 학생들 앞에서 일장연설이나 하고 있다니! 역시 책상물림들은 어쩔 수 없는 게지!'

평상시 이현의 본심이다.

그는 내심 고개를 가로저었다.

그때 다시 목소리를 가다듬은 목연이 학생들을 둘러보고 차분하게 말을 이었다.

"그러나 우리는 글공부 외엔 특별히 재주가 없는 사람들입니다. 이제 와서 청양으로 화재 진압을 돕기 위해 달려가 봐야 별다른 도움을 줄 수 없을 것입니다."

"그럼 어찌해야 합니까?"

"우리는 그냥 두 손을 놓고 있으란 뜻이십니까?"

청양 시내에 본가가 있는 학생들이 불만에 찬 표정으로 소리쳤다.

그러자 목연이 고개를 가볍게 흔들어 보이고 말했다.

"제경공문정어공자(齊景公問政於孔子), 공자대왈(孔子對曰) '군군, 신신, 부부, 자자' 공왈(公曰) '선재(善哉)! 신여군불군(信如君不君), 신불신(臣不臣), 부불부(父不父), 자불자(子不子), 수유속(雖有粟), 오득이식제(吾得而食諸)?'라 하였습니다. 이에 대한 풀이를 아는 분이 계신지요?"

모두의 시선이 북궁창성을 향했다. 언제나와 마찬가지다.

그가 잠시 뜸을 들이고 입을 열었다.

"이는 논어(論語) 선진(先進) 편에 나오는 이야기로 제나라 임금 제경공(齊景公)이 노나라의 내란을 피해 공자께서 왔을 때 나눈 문답 중 하나입니다."

"맞습니다. 계속 논해주세요."

"제나라 경공이 공자께 정치에 관하여 묻자 공자께서 대답하시기를 '임금은 임금답고, 신하는 신하답고, 아버지는 아버지답고, 아들은 아들다운 것입니다' 라고 하셨습니다. 이에 경공이 말했습니다. '좋은 말씀입니다. 진실로 임금이 임금답지 않고, 신하가 신하답지 않고, 아버지가 아버지답지 않고, 아들이 아들답지 않다면, 비록 곡식이 있다고 한들 내가 그것을 먹을 수가 있겠습니까?' 하고 화답하셨습니다."

"바로 말씀하셨습니다. 그럼 여기서 우리가 이번 청양 화재에 취할 도리가 있지 않을까요?"

"주제 파악을 해라?"

이현이 자신도 모르게 목청을 높이고 움찔한 표정이 되었다. 자신을 돌아보는 목연의 눈빛에 아차 하는 표정이 된 것이다. 항상 수업 시간에는 작아지기만 하는 그였다.

그러나 목연은 책망하지 않았다.

입가에 부드러운 미소를 매단 채 그녀가 말했다.

"이 공자의 말씀은 직설적이긴 하나 핵심을 잘 짚어냈습니다."

"아하하하하핫!"

웃음과 함께 뒤통수를 긁적이는 이현에게 목연이 한마디

덧붙이기를 잊지 않았다.

"하나 우리는 문의 길을 걸어가는 학사입니다. 말을 함에 있어서 예와 격식을 차리는 것 역시 중요함을 잊지 말아주세요."

"하하하하, 명심하겠습니다."

"그럼 이 공자에게 묻겠습니다. 우리 학사들이 이번 청양 화재에 어떻게 기여해야 하는 걸까요?"

'제길! 계속 입 다물고 있을걸!'

삽시간에 얼굴에서 웃음기를 거둔 이현의 한쪽 눈알이 북궁창성 쪽으로 향했다. 평상시처럼 그에게 뭔가 도움을 받기 위함이었다.

하지만 목연이 먼저 눈치챘다.

"저는 이 공자 본인의 생각이 듣고 싶네요. 그렇게 해주시겠어요?"

"뭐, 그러죠."

이현이 다시 뒤통수를 긁적이며 북궁창성으로부터 시선을 거뒀다. 이런 식으로 직설적으로 요구를 받았으니, 대충 넘어갈 수 없게 된 것이다.

"우선 우리 숭인학관의 학생들은 곧바로 화재 현장으로 달려가선 안 됩니다."

"설명해 주세요."

"큰 화재가 일어나면 주변에 혼란이 극에 이릅니다. 사람들은 당황하고, 이성을 잃게 되니 우왕좌왕만 할 뿐 제대로 된 행동을 할 수 없게 됩니다. 이러한 때에 평생 책만 읽어온 학생들이 우르르 몰려가 봤자 혼란에 혼란만 더 가중할 뿐 화재 진압에 어떠한 도움도 되지 않는 것입니다."

"그럼 어찌해야 할까요?"

"뭐, 일단은 두 손을 놓고 있는 것이 상책입니다."

"수수방관을 하자는 뜻인가요?"

"그렇습니다."

주변 학생들 중 몇몇의 시선이 험상궂어졌다. 이현이 너무 무책임한 소리를 한다고 생각한 것이다.

그러나 목연의 생각은 달랐다.

그녀가 이현에게 부연 설명을 재촉했다.

"그럼 화재 진압을 수수방관한 이후가 궁금하군요?"

"숭인학관의 학생들이 필요한 건 화재 진압 이후입니다."

"화재 진압 이후요?"

"그렇습니다. 어차피 청양 시내에서 일어난 화재는 현청에서 관리가 나와서 처리할 것입니다. 본래 관리란 크게는 국가를 운영하고, 작게는 청양현 같은 작은 마을을 다스리게 되어 있습니다. 그러니 이번 화재 같은 재난 사태 역시 어떻게 대처할지 알고 있을 것입니다. 그게 관리들의 책무이니까요."

"……"

"하지만 그렇게 화재가 진압이 된 이후 본격적으로 많은 일손이 필요하게 됩니다. 불에 타서 소실된 시내의 건물들을 재건해야 하고, 화재로 인해 발생한 이재민을 수습해야 하며, 그들이 먹을 음식과 임시로 기거할 공간을 마련해야 하기 때문입니다. 그리고 그런 일을 하기 위해선 글자와 숫자를 정확히 셀 수 있는 자가 많이 필요할 것입니다."

"화재 이후의 수습 작업이야말로 우리 숭인학관 학생들다운 행동이란 뜻이로군요?"

"저는 그렇게 생각했습니다."

이현이 말을 끝내고 소지로 귀를 후비자 목연이 미미하게 고개를 끄덕여 보였다.

기대 이상의 대답이었다.

솔직히 말해서 깜짝 놀랐다.

그러나 그녀는 그 같은 내심을 숨겼다. 이현의 성품으로 볼 때 진심 어린 칭찬은 독이 될 수도 있다는 생각이 들었다.

"이 공자의 대답에 반박할 사람이 있나요?"

'뎨진다!'

이현은 침묵 속에 학생들에게 살짝 살기를 풀어놨다. 단숨에 그들의 오금을 저리게 만든 것이다.

움찔!

깜짝!

학생들이 이현의 눈치를 슬금슬금 봤다.

왠지 이유는 모르겠으나 자연스럽게 그리되었다.

그러자 목연이 내심 한숨을 내쉬고 어쩔 수 없다는 표정으로 고개를 끄덕여 보였다.

"저 역시 이 공자의 생각에 찬동합니다. 더 이상 다른 의견이 없는 것 같으니, 지금부터 각자의 처소로 돌아가서 지필묵을 준비하도록 하세요. 청양의 화재가 진압되는 걸 확인한 후 숭인학관에서 출발하도록 하겠습니다."

"예!"

"예!"

학생들이 일제히 대답한 후 인재당을 떠나갔다.

*　　　　　*　　　　　*

"배고프다! 배가 고파!"

이현은 어슬렁거리며 청풍채로 걸어가며 나직이 중얼거렸다.

잠간 사이에 심각할 정도로 머리를 사용했다.

그의 입장에서는 초상승의 무공을 연마하거나 대적을 상대할 때보다 훨씬 많은 기력을 소모했다고 할 수 있었다. 방금 전에 먹은 계란 요리 정도는 이미 소화가 된 지 오래였다.

그때 악영인이 달려와 어깨에 매달렸다.

"형님, 다시 봤수다!"

"뭘?"

"이렇게까지 탁월한 식견이 있을 줄은 몰랐거든요."

"죽을래?"

이현이 여름철 고목에 매달린 매미처럼 달라붙어 있는 악영인을 손으로 밀어내며 인상을 써 보였다. 이 미녀 뺨치게 예쁘장하게 생긴 녀석은 왜 이렇게 잘 달라붙는지 모르겠다.

그러나 악영인은 굴하지 않았다.

스르륵!

기묘한 동작을 이용해 이현이 밀어낸 손을 피해 다른 쪽 어깨로 달라붙은 그가 속삭이듯 말했다.

"형님, 그런데 무슨 짓을 하신 겁니까?"

"내가 무슨 짓을 했다는 거야?"

"청양 시내에 불 난 거, 형님 짓이잖아요."

"미친놈!"

"아닌가? 그럼 이렇게 말을 정정하죠. 청양 시내에 불을 낸 놈들과 형님은 깊은 관계가 있지요?"

"이놈이 큰일 날 소리를!"

이현이 이번엔 작심하고 악영인을 밀어냈다. 눈에 힘을 팍

주고 살벌한 표정을 짓는 것은 덤이다.

"그딴 소리, 목 소저에게 지껄였다간 뒈진다!"

"아! 목 소저! 목 소저! 형님은 왜 그렇게 목 소저한테 약한 겁니까?"

"글스승이니 당연하잖아!"

"단지 그 이유뿐인 겁니까?"

"다른 이유가 뭐가 있겠어?"

"그러니까 목 소저는 미인이잖아요. 그것도 남자들이 무진 장 좋아하는 청순가련형의 미인이요."

"이놈!"

"깜짝이야!"

호들갑을 떨면서 뒤로 물러서는 악영인을 노려보며 이현이 근엄하게 말했다.

"본래 단 하루만 배움을 받아도 평생 스승으로 모시고, 그 그림자조차 침범하지 않는다고 했다! 어찌 네놈이 감히 그딴 말을 지껄일 수 있단 말이냐!"

"죄송합니다! 용서해 주십시오!"

"뭘 또 그렇게 태세 전환이 빨라?"

"형님의 깊은 뜻을 몰라보고 제가 헛소리를 지껄였습니다!"

"알면 됐다."

"그럼 형님은 딱히 여자한테 관심이 없는 거로군요?"

"여자?"

"예, 여자요!"

"흠."

이현이 턱을 손가락으로 슬슬 쓰다듬으며 살짝 고민에 빠졌다.

여자!

무림에 나온 후 단 한 번도 생각해 본 적이 없었다. 이가장을 떠난 후 줄곧 검과 무공에만 관심을 둔 세월을 보냈기에 그 외의 것은 그에게 없는 것이나 다름없었다.

여자? 재물? 명예?

사내들이 자신의 모든 것을 걸 법한 욕망의 상징!

그중 그나마 관심 있는 건 화산파의 천하제일인 운검진인을 이기고 싶다는 욕구 정도였다. 오로지 그러기 위해서 평생을 종남파에서 썩었다고 해도 과언이 아니라 할 수 있었다.

아니다.

한 가지 근래 깊은 관심을 갖게 된 게 있다.

맛있는 요리!

특히 고기가 잔뜩 들어간 걸 선호한다.

사실 숭인학관에 입학한 가장 큰 이유 중 하나가 목연의 음식 솜씨가 좋다는 것이었음은 부인할 수 없는 사실이었다.

'하지만 그런 걸 말할 순 없지!'

내심 빠르게 생각을 정리한 이현이 어깨를 가볍게 으쓱해 보이고 말했다.

"얌마! 여자한테 관심이 없는 사내가 어디 있겠느냐? 다만 나는 눈이 높을 뿐이야!"

"눈이 높으시군요?"

"암! 천하제일의 미녀 정도가 아니면 관심을 갖지 않거든!"

"천하제일미녀라······."

악영인이 이현의 말을 따라하며 묘한 표정을 지어 보였다. 마치 마음속 깊숙이 새겨 넣기라도 하려는 것처럼 말이다.

그때 북궁창성이 두 사람에게 다가왔다.

"사형, 제 지필묵을 준비하면서 사형 것도 하나 챙겼습니다."

"고마워."

"의당 할 일을 했을 뿐입니다. 그럼!"

북궁창성이 이현에게 인사한 후 악영인을 피해 걸음을 옮겼다. 그와는 한시라도 함께하고 싶지 않다는 뜻을 노골적으로 표명한 것이다.

"좀생이 같으니라구!"

"듣겠다."

이현이 뭐라 하자 악영인이 태연하게 대답했다.

"들으라고 한 소립니다. 제 놈이 북궁세가 출신이면 출신이

지 사람을 무시하잖습니까?"

"널 무시하는 게 아니다."

"예? 하지만……."

"그냥 그런 게 아냐!"

이현이 은근히 목소리를 높이자 악영인이 입술을 삐죽거리고는 더 이상 말하지 않았다.

그때 이현이 아직도 꺼지지 않고 있는 청양의 불기둥 쪽을 힐끔 바라보며 눈을 가늘게 만들어 보였다.

'새끼들, 제대로 붙었구만! 불까지 질러대고 말야! 하지만 민간인들한테까지 피해가 가면 안 되니까 이젠 적당히 끝내볼까?'

본래 조금 더 있다가 움직일 생각이었다.

싸움과 불구경!

본래 가장 재미있는 구경거리였다. 특히 자신과는 관련 없는 일이라면 말이다.

그러나 이현은 목연이 걱정하는 모습을 보고 마음을 바꿨다. 특별히 다른 사람이 걱정되진 않았으나 그녀의 근심 어린 표정은 마음에 걸렸다.

하긴 처음부터 이 일은 숭인학관과 목연을 위해 벌인 일이었다. 그녀를 오히려 걱정하게 만들어서야 일을 벌인 보람이 없을 터였다.

'그래도 일단 밥은 먹어야겠지?'

공부든 싸움이든 밥심이다!

이현은 밥을 든든히 먹고 나서 청양의 사태를 해결하기로 마음의 결정을 내렸다.

"크하하하하핫!"

거령신권패 위무진은 하늘을 올려다보며 앙천대소를 터뜨렸다.

그런 그의 양손.

팔뚝까지 시뻘겋다. 방금 성원장의 주력 부대로 불리는 살무대를 이끌고 흑랑방을 기습한 천살검 우종의 목을 산 채로 뽑아버렸기 때문이다.

털썩!

뒤늦게 목이 사라진 우종의 훼손된 몸이 바닥에 무너져 내렸다.

산 채로 목이 뽑히며 뿜어져 나온 다량의 핏물!

사방을 단숨에 피바다로 만들어놨다.

그때 살아 있는 혈신 같은 모습이 된 위무진이 3분지 1밖에는 살아남지 못한 혈무대를 향해 벽력같이 소리쳤다.

"이 빌어먹을 놈들아! 천살검 우종이 뒈졌는데도 감히 나 위무진에게 대항하려는 것이냐! 지금이라도 흑랑방에 투항한

다면 목숨만은 살려주마! 하지만 계속 무의미한 저항을 계속
하겠다면 모조리 죽인 후 두개골로 술잔을 만들 것이니라!"

"……."

혈무대가 겁에 질려 주춤주춤 뒤로 물러났다.

그만큼 압도적이었다.

청양 일대 흑도의 지배자인 위무진의 위세는.

그때, 갑자기 겁에 질려 버린 혈무대 사이에서 작은 소동이
일어나더니, 한 명의 독특한 행색의 노인이 모습을 드러냈다.

第三章

신마맹(神魔盟)의 철목령주!

정갈하게 정리된 하얀 백발.

검버섯이 핀 얼굴에 독특한 매부리코.

고급 비단으로 된 하얀 무복에 마찬가지로 하얀색의 고급 신발.

한눈에 보기에도 평범한 무림인으론 보이지 않는다.

오히려 행세깨나 하는 고관대작이 평복을 하고서 외유라도 나온 것 같은 모습이었다.

한눈에 백의 노인이 평범하지 않다는 것을 눈치챈 위무진이 살짝 긴장한 표정이 되었다.

'성원장에 저런 노고수가 있다는 말은 들어본 적이 없다! 혹시 날 치기 위해 외부에서 초빙한 고수인 건가?'

충분히 가능한 일이다.

성원장주 성상경은 청양 일대뿐 아니라 섬서성 전체까지 영향력을 행세하는 대상이었다. 몇 개나 되는 대상단을 운영하는 거물이기에 돈도 많았고, 관부와 무림에 친한 거물도 많을 터였다.

그러니 조심해서 나쁠 건 없다.

여태까지의 삶이 그에게 준 지혜였다.

빠르게 염두를 굴린 위무진이 여전히 피로 흠뻑 젖어 있는 두 손을 모아 백발 노인에게 포권해 보였다.

"청양 흑랑방의 방주 위무진이 삼가 고인을 뵈오이다!"

"세상에 모래알처럼 많은 게 인재라더니, 청양 같은 작은 동네에 자네 같은 고수가 있다니 놀랍구만!"

"과찬의 말씀이외다! 고인께서는 성원장주의 손님이신지요?"

"손님이라……."

많은 나이로 인해 치아 몇 개가 빠져서인가?

백발 노인의 발음은 조금 샜다.

하지만 위무진은 오랜 경험을 통해 백발 노인의 발음이 섬서 땅의 것이 아니라는 것을 눈치챘다. 그는 생각했던 이상으로 먼 곳에서 온 자였던 것이다.

그렇다면 조금 안심이 된다.

고수라 해봤자 타지인!

섬서성에 세력을 둔 대문파 출신의 고수가 아니라면 문제가 될 것이 없었다. 고작해야 단 한 명의 고수한테 무너질 흑랑방이 아니고, 거령신권패 위무진이 아니었기 때문이다.

그때 백발 노인이 고개를 살짝 갸웃해 보였다.

"…그런데 성원장주도 괜한 호들갑을 떨었군. 흑랑방에 굉장한 고수가 있다고 해서 내심 기대했었는데 말야."

'굉장한 고수? 누굴 말하는 거지?'

위무진이 의아한 표정을 지어 보였을 때였다.

스파팍!

순간적으로 백발 노인이 발을 구르며 공중으로 뛰어올랐다.

단숨에 도약한 높이가 거의 2장 가량!

더군다나 그냥 높게 뛰기만 한 것이 아니었다.

파파팡!

그의 쌍수가 위무진의 양쪽 관자놀이를 노리며 파고들었다. 맹렬한 타격음을 동반한 채로.

'빠르다!'

위무진의 동공이 확장되었다. 놀란 것이다. 느닷없는 도약과 함께 자신을 공격해 들어온 백발 노인의 속도와 쌍당장에 말이다.

그러나 그 역시 권법의 고수!

흑도의 밑바닥부터 기어올라 청양 제일의 권법가로 군림해왔다.

권법 대결이라면 누구에게도 꿀릴 생각이 없었다.

파곽! 곽!

위무진이 양팔을 들어 자신의 얼굴을 가로막았다. 백발 노인의 쌍당장의 일격을 일단 양팔로 막아낸 후 반격에 들어갈 셈이었다.

하지만 그 순간 백발 노인의 두 발이 변화를 보였다.

빠각!

위무진이 쌍당장을 받아낸 것과 동시에 백발 노인의 두 발은 그의 안면을 걷어찼다. 거의 쌍당장과 시간차 없이 곧바로 각법을 펼쳐 보인 것이다.

휘청!

위무진의 커다란 몸이 크게 비틀거렸다.

단 일격!

안면에 허용한 한 차례의 각법에 도검불침을 이뤘다고 알려진 그의 금종조가 깨져 버렸다.

게다가 그뿐만이 아니었다.

휘릭!

공중에서 다시 회전을 보인 백발 노인의 다리가 이번엔 위무진의 뒤통수를 노렸다.

빡!

확정이었다.

조금 전의 일격에 피투성이가 된 위무진의 머리가 반대편으로 꺾여 버렸다. 백발 노인의 두 번째 각법에 목뼈 자체가 부러져 버리고 말았다.

쿵!

위무진이 바닥에 쓰러져 내렸다. 모순되게도 조금 전 그에 의해 목이 뜯겨져 죽은 천살검 우종의 시체 바로 앞이었다. 자신이 죽인 자와 비슷한 수법으로 죽음을 맞이한 것이다.

슉!

그와 함께 바닥에 새털같이 가볍게 착지한 백발 노인이 뒤에 남아 있던 혈무대에게 무심한 목소리로 명했다.

"남은 놈들을 모조리 죽이고, 흑랑방 전체를 불태워라! 그리고 잘 찾아보면 유현장주의 둘째 아들이 있을지도 모르니까 될 수 있으면 살려서 데려오고!"

"존명!"

자신들의 대장 천살검 우종의 복수를 해준 백발 노인을 향해 혈무대가 진심으로 복명했다.

천살검 우종!

생각 이상으로 혈무대 전체의 존경을 받고 있었던 것이다.

성원장.

명실상부한 청양제일가라 불리는 이곳의 주인, 금산(金算) 성상경은 산판을 퉁기던 손을 잠시 멈췄다.

계산이 틀린 것일까?

금산이란 그의 별호가 그런 일을 허용할 리 만무하다.

일개 첩의 자식에서 성원장의 주인이 되게 한 그의 철두철미한 금리(金利), 금전(金錢), 금통(金通), 금융(金融)의 계산법을 생각한다면 말이다.

톡! 톡!

그리고 산판 대신 탁자를 손가락으로 몇 번 두들긴 성상경이 눈길을 바로 앞에 앉은 백발 노인에게 던졌다.

백발 노인!

얼마 전 혈무대주 천살검 우종과 함께 흑랑방을 기습해서 청양 일대 흑도의 거물 거령신권패 위무진을 죽인 정체불명의 고수.

그를 성원장에 초빙해 온 당사자인 성상경이 잠시 생각을 가다듬은 후 입을 열었다.

"거령신권패 위무진을 죽이진 말라고 부탁했던 것 같습니다만?"

"실수로 손이 미끄러졌다."

"실수로?"

"그놈이 천살검이란 아해를 죽였더구나."

"우 대주와 그리 큰 친분이 있었던 건 아니라고 생각합니다만?"

"나와 함께 간 놈이다."

'역시 자신의 체면 때문이었군.'

성상경이 내심 눈살을 찌푸려 보였다. 눈앞의 백발 노인 때문에 향후 골치 아픈 일을 몇 개나 처리하게 생겼다. 기분이 언짢지 않을 수 없었다.

하지만 그는 상인!

이득도 되지 않는 일로 감정을 드러낼 사람이 아니다.

"과연 신마맹의 철목령주 다우십니다. 우 대주의 복수를 해 주신 일은 향후 제가 심심치 않게 사례를 하겠습니다."

"이딴 일에 사례씩이나 필요하겠느냐?"

"그래도 어려운 걸음을 하셨는데, 어찌 그냥 넘어갈 수 있겠습니까? 신마맹으로 돌아가실 때 따로 선물을 준비하겠습니다."

"그렇다면 한 가지 부탁을 하자."

"하명하십시오."

"내가 혈무대의 아해들에게 들은 바, 전날 유현장을 급습했던 고수는 흑랑방에서 발견되지 않았다."

"철목령주님의 신위를 보고 도망간 게 아니겠습니까?"

"그랬을 수도 있겠지. 그 정도 무공을 익힌 자라면."

'그 정도 무공?'

성상경이 내심 의아한 표정이 되었다.

그가 아는 눈앞의 백발 노인, 신마맹의 철목령주는 드높은 무공만큼이나 자존심이 강한 자였다.

십수 년 전부터 성원장과 모종의 거래를 하고 있는 신비 조직 신마맹.

그곳에서도 손꼽히는 초고수가 철목령주였다. 그래서 성상경도 항상 그를 어려워하고 있었다.

천하 무림을 오시하는 자!

그게 성상경이 철목령주에게 받은 느낌이었다. 천하의 어떤 고수나 무림 세력도 그리 크게 안중에 두지 않는 듯한 발언을 몇 번이나 들은 바 있었기 때문이다.

한데, 그런 그가 고작해야 청양 일대에서나 힘을 쓰는 흑랑방과 관련된 고수에게 관심을 표명하고 있었다. 단 한차례도 손속을 나눈 적이 없던 자의 무공을 존중하고 있었다.

성상경의 입장에서 이 같은 일은 그야말로 경천동지(驚天動地), 그 자체나 다름없었다. 평생 경험해 본 적이 없던 문화 충격과 같았다.

그래서 그는 잠시 침묵했고, 철목령주는 개의치 않고 말을 계속했다.

"…하지만 나는 그렇진 않았을 거라 생각한다."

"어째서 그리 생각하시는지요?"

"나 같으면 그리하지 않았을 테니까."

"예?"

"내 이목을 속일 수 있을 정도의 고수라면 필경 자존심 역시 강할 터! 그런 자가 자신을 초빙한 사람이 눈앞에서 목숨을 잃는 걸 그냥 두고만 볼 리는 없을 것이다!"

"그래도 철목령주님의 개세 무공을 보고 감히 덤벼들 엄두를 내지 못한 것이 아니겠습니까?"

"만약 그렇다면 매우 희한한 일일 테지! 내가 천살검이란 아해의 몸에 난 상처를 잘못 본 게 아니라면 말야!"

"그게 무슨……."

"됐고!"

특유의 냉담한 표정과 함께 성상경의 말을 중간에 자른 철목령주가 눈에 안광을 담았다.

"그러니 자네는 지금부터 성원장의 모든 인맥을 총동원해서 천살검이란 아해를 건드렸던 고수를 찾아야 한다!"

"…이미 혹랑방은 끝장이 났습니다만?"

"이번 일과 흑랑방은 관계가 없다! 오히려 어쩌면 성원장과 흑랑방은 차도살인지계에 당한 걸지도 모른다!"

"차도살인지계라면… 우리가 이간계에 당했다는 겁니까?"

"우리가 아니라 성원장과 흑랑방이겠지. 가만! 그러고 보니 이번 일의 시작이 유현장주의 둘째 아들놈 때문이라고 했던가?"

"그렇습니다. 유현장주의 둘째 아들 유정상이 흑랑방주에게 붙잡혀서 폐인이 되었습니다. 아마도 그걸로 유현장주를 협박해서 모든 가산과 사업권을 빼앗을 생각이었던 것 같습니다."

"하지만 그전에 한 가지 일이 더 있었던 것 같은데?"

"정체불명의 고수가 유정상을 고자로 만든 사건이 있었지요. 아! 그렇다면……."

"흐흐, 그래, 그게 시작이었어. 본래 일의 전후 과정을 따라가다 보면 의외로 손쉽게 문제가 해결되곤 하지."

"…하면, 유정상의 몸이 회복되는 대로 그때의 일을 조사하도록 하겠습니다."

"아니, 그건 너무 늦어!"

"하지만 유정상은 흑랑방에서 고문을 당하고, 앵속에 중독되어서 지금 거의 회복이 불가능할 정도의 폐인이 되었습니다. 유현장주와의 약속을 둘째 치더라도 지금 당장 조사를 진행하는 건 힘들지 않겠습니까?"

"상관없다. 내가 조금 힘을 쓰면 되니까."

"……."

성상경이 철목령주의 냉담한 눈에 담긴 사기(邪氣)에 흠칫 몸을 떨어 보였다.

신마맹!

천하에 알려지지 않은 신비 조직!

어쩌면 당금의 정파 천하와는 완전히 이질적인 세력일지도 모른다. 철목령주와 같은 마인이 고위직에 올라 제 마음대로 활개치고 다니는 곳이니 말이다.

'하지만 나는 상인! 이익만 된다면 지옥의 악마 나찰과도 거래를 할 수 있다! 무림의 일 따윈 내 알 바 아니다!'

성상경은 내심의 중얼거림으로 눈앞의 공포를 외면했다.

그게 그의 처세술이었다.

후비적!

이현은 귀를 소지로 파면서 눈살을 가볍게 찌푸려 보였다. 갑자기 귀가 가려운 것이 누군가 자기를 욕하고 있는 것은 아닌지 의심스러웠다.

'뭐, 하긴 날 욕하고 있는 사람이 한둘이겠어? 최소한 사형들은 앞다퉈서 날 욕하느라 바쁠 것이다!'

굳이 예상할 필요도 없다.

애초 종남파의 조사동을 무단으로 떠나면서 각오하고 있었던 일이니까 말이다.

하지만 마음이 불편한 것도 사실이었다.

점차 다가오고 있는 화산에서의 비검비선대회!

평생 목표로 해왔던 화산파의 천하제일인 운검진인과의 대결은 이현뿐 아니라 종남파에도 무척 중요한 일이었다. 그동안 화산파에 짓눌렸던 굴욕의 나날을 확실하게 해소시킬 수 있는 기회였기 때문이다.

그래서 이현은 종남파에서 참 많은 것을 받았다.

딱히 원했던 것은 아니다.

달라고 조른 적도 없었다.

아예 그럴 필요성 자체를 느끼지 못했다. 그냥 무턱대고 사부서부터 사형들까지 아낌없이 종남파의 모든 전력을 쏟아부어 줬기 때문이다.

그 결과가 바로 출종남천하마검행이었다.

마검협이라는 종남파가 배출한 수백 년 내 제일의 고수였다.

그것이야말로 결코 부인할 수 없는 사실이었다.

하나 이현은 이가장으로 돌아가 부친 이정명과 재회한 후 달라졌다.

환골탈태?

그런 단순한 변화가 아니다.

그 같은 몸의 변화 이전에 그는 정신적으로 달라졌음을 느꼈다.

말로 콕 짚어 얘기할 수 없는 어떤 것.

그런 변화를 경험했고, 이제는 더 이상 과거 마검협 때의 자신으로 돌아갈 수 없었다.

그렇다고 생각했다.

"형님!"

뒤에서 갑자기 뛰어든 악영인을 이현이 귀찮은 파리 쫓듯 손으로 밀어냈다.

"내가 무슨 나무라도 되냐? 어째서 툭하면 나한테 달라붙는 거냐!"

"형님, 얘기 들었습니까?"

"무슨 얘기?"

"청양 시내에서 난 불이 그냥 불이 아니었다고 하더군요!"

"그럼 뭔데?"

이현이 의뭉스레 되묻자 악영인이 실실 웃으며 말했다.

"히히, 싸움이었습니다! 무림 세력 간의 싸움이요!"

"청양에 쓸 만한 무림 문파 같은 게 존재했었다는 거냐?"

"흑도 계열의 흑랑방이란 곳이 제법 그럴듯한 세력을 유지하고 있었나 보더라구요."

"그럴듯한 세력을 유지하고 있었다? 지금은 상황이 달라졌다는 거냐?"

"예, 완전히 멸망해 버렸거든요. 방주인 거령신권패 위무진을 비롯해서 쓸 만한 무공을 지녔던 자들은 모조리 몰살하고, 본거지와 사업장의 대부분이 불타서 전소(全燒)되었다고 하더군요."

"그렇게 만든 놈들은 누군데?"

"그게 뒷수습에 나선 관부에서는 쉬쉬하지만 청양제일의 세력을 자랑하는 성원장이 관련된 것 같다고 하더군요."

"성원장은 또 뭐 하는 곳인데?"

"상인 집단입니다. 몇 개나 되는 표국과 대규모 상단을 운영할 만큼 세력이 크더군요. 뭐, 본거지가 청양일 뿐, 실제론 섬서성 전체에 영향력을 행사할 수 있는 거대 상단이랄까요?"

"그건 이상하군."

"뭐가 이상한데요?"

"내가 상인들에 대해 좀 아는데, 그들이 무림인과 가장 다른 건 극단적으로 일을 벌이지 않는 거야. 될 수 있으면 돈이나 권력에 의지하지. 이런 식으로 상대방 세력을 몰살시키거나 하는 등의 일 처리는 좀 부담스러워하거든."

"흑랑방이 도를 지나쳤던 게 아니겠습니까?"

"그럴 수도 있지."

"제 말에 동의하지 않으시는군요?"

"그러기에는 흑랑방이란 흑도 방파와 성원장 간에 전력 차가 너무 확실한 것 같아서 그래."

"하긴, 무림이나 국가 간에도 전력차가 너무 크면 전쟁이 일어나지 않는 법이지요."

"뭐, 그런 거지."

이현이 악영인의 말에 동의하고 시선을 청양 시내 쪽으로 던졌다.

일이 좀 이상해졌다.

예상을 벗어난 결과가 나온 이상 조금 조사해 봐야 할 터였다.

그런 이현을 묘한 시선으로 바라보고 있던 악영인이 은근한 표정으로 말했다.

"그래서 말인데, 오늘은 필시 야외 수업이 될 것 같습니다."

"화재의 뒤처리에 투입되겠지."

"예, 그러니까 오랜만에 청양 시내에서 술이라도 마시지 않겠습니까?"

"나 돈 없다!"

"쩨쩨하긴."

"네놈이 전날 퍼마신 술의 양을 떠올려 보고 그런 말을 해라!"

"그럼 이번엔 제가 쏘겠수다!"

"그럴 돈은 있구?"

이현이 일푼의 믿음도 없는 표정으로 바라보자 악영인이 자신만만한 표정으로 전대를 흔들어 보였다.

짤랑! 짤랑!

맑고 영롱한 소리가 들린다.

은자와 금전이 부딪쳐서 나는 소리가 감미로운 선율을 연출해 내고 있었다.

'적어도 백 냥은 되겠는데?'

짧은 순간, 전대 안에서 나는 소리를 정확하게 조합해 낸 이현의 표정이 갑자기 환하게 변했다. 언제 악영인을 구박했 냐는 듯 진심으로 너그럽고 마음씨 넉넉해진 표정이 된 것이 다.

"하하. 이렇게까지 성의를 보이니 내가 악 형제의 요청을 거절하기 어렵구만."

'알기 쉬운 사람!'

악영인이 이현의 바뀐 태도에 내심 입술을 삐죽 내밀어 보이고 손바닥을 들어 보였다.

"그럼 동의한 걸로 믿고 손바닥을 세 번 쳐서 약속하도록 합시다!"

"좋아!"

이현이 호쾌한 대답과 함께 악영인과 손바닥을 부딪쳤다.

짝! 짝! 짝!

후일 그를 꽤나 골치 아프게 만드는 이날의 약속. 아직까진 그저 기분이 좋은 이현이었다.

"으악! 으아아아아아아악!"

유정상은 깨어나자마자 연신 비명을 터뜨렸다.

얼마나 많은 비명을 질렀는지 입가에서 핏물이 흘러내리고 있다.

아니다.

자세히 보면 입가가 찢어진 것이 아니라 목에서 점점이 핏 방울이 터져 나오고 있다. 목구멍 안쪽에서 튀어나온 핏물이 비명과 함께 조금씩 밖으로 분사되고 있는 것이다.

그러나 그는 동정받지 못했다.

얼마 전까지 앵속에 푹 절어 있는 몸.

본래대로라면 웬만한 고문이나 물리적인 타격으로 유정상을 고통스럽게 만들 수는 없었다. 통각이 극단적일 만큼 둔해 져서 칼날이 몸을 저민다 해도 그다지 큰 고통을 느끼지 않는 몸이 되었기 때문이다.

하나 신마맹이란 신비 조직에서 활동하던 철목령주에겐 자신만의 방법이 있었다.

독문의 침술!

몸 전체를 좀먹어 들어간 약기운을 한 곳으로 몰아넣는다.

내공의 시전!

기회를 놓치지 않은 철목령주의 강력한 내공이 한 곳에 모인 앵속의 약 기운을 순식간에 불태워 버렸다.

그야말로 획기적인 치료 방법?

그런 것은 아니었다.

오히려 그 반대에 가까웠다.

본래 유정상이 앵속에 중독된 시간은 그리 길지 않았다. 강제적으로 중독이 된 경우라 시간을 들여서 약을 끊고, 금단 증상을 완화시키는 게 제대로 된 치료 방법이었다. 그래야만 심신의 피해를 최소화할 수 있고, 재활이 원활하게 이뤄지기 때문이었다.

당연히 철목령주가 시행한 억지로 몸속에 깃든 약 기운을 없애는 방법은 엄청난 후유증을 동반하게 된다. 자칫 약 기운의 갑작스러운 소멸로 인한 금단 증상으로 목숨을 잃어버릴 수도 있었다. 그런 위험천만한 방법이었다.

철목령주는 개의치 않았다.

애초부터 목적을 위해 수단과 방법을 가리지 않는 천성을 가진 사람이라 유정상을 마구 다뤘다. 그에게서 자신이 원하는 정보만 얻어내면 된다는 판단이었다.

"크아아아아아아······."

결국 한꺼번에 몰려든 금단 증상으로 인해 발광에 가까운 비명을 터뜨리던 유정상에게서 생기가 소멸해 갔다. 이대로 놔두면 목숨을 잃어버릴 수도 있는 위험한 상태로 돌입한 것이다.

"그렇게 놔둘 순 없지."

냉랭한 시선으로 유정상의 상태를 지켜보고 있던 철목령주가 나직한 중얼거림과 함께 바로 손을 썼다.

팟! 파파파팟!

그의 손끝에서 희뿌연 진기가 튀어나와 반실신한 유정상의 전신을 두드렸다. 자신의 강대한 내공을 이용해서 그의 막혀가는 기혈을 타통시키는 수법!

손가락 하나 대지 않고 이런 일이 가능한 사람이라면 필시 무림에서도 손꼽히는 고수라 할 수 있겠다.

"···커헉!"

그러자 다 꺼져가던 유정상에게 생기가 돌아왔다.

막 잡은 물고기처럼 튀어 오르는 육체!

발작!

이어서 격통에 의한 자각이 이뤄졌다. 유정상의 의식이 비정상적일 만큼 빠르게 돌아오기 시작한 것이다.

'됐다!'

내심 눈을 빛낸 철목령주가 얼른 유정상에게 다가갔다.

방금 전 그에게 전개한 수법은 무림에서도 금기로 여기는 사악한 대법이었다.

성공과 실패!

누구도 장담할 수 없었다.

효과 역시 그리 오래가지 않았다. 이렇게 유정상의 의식이 돌아왔을 때 바로 원하는 바를 얻어내야만 했다.

"말하라! 널 고자로 만든 자! 그자의 정체에 대해 알고 있는 모든 걸 말하라!"

"끄으으! 끄으으!"

"너에게 명하노니, 말하라! 네 영혼의 주인에게 모든 걸 털어놓아라!"

연속된 철목령주의 주술과 같은 명령에 유정상이 더듬거리며 말하기 시작했다. 그의 강력한 명령을 거부할 수 없었다. 자신의 생명력이 빠르게 소진되는 것조차 도외시할 만큼 말이다.

잠시 후.

시체로 변한 유정상의 뒤처리를 혈무대원에게 명한 철목령주가 심문실을 빠져나왔다.

'숭인학관이라…….'

의외의 이름이다.

전혀 예상 밖의 존재였다.

하지만 이런 예측 불허함이야말로 인생을 살아가는 재미 중 하나라고 철목령주는 생각했다.

물론 적당한 반전이 그러했다.

결국은 자신이 모든 것을 갖고, 이기는 쪽이라는 점이 변함 없을 시에 말이다.

이번 역시 비슷하다.

조금 삽질을 하긴 했으나 철목령주는 자신이 원하는 바를 얻었다.

천살검 우종의 몸에서 발견된 고절한 수법!

천하를 통틀어 몇 명의 초고수를 제외하고는 안중에도 두지 않고 있던 철목령주를 깜짝 놀라게 만들었다. 청양 같은 작은 도시의 분쟁에 직접 끼어들었을 정도로 말이다.

신마맹에서는 이번 일 때문에 그에게 문책을 할 수도 있었다.

아직 신마맹의 존재는 비밀이었다.

정파 천하라 할 수 있는 현 무림에서 결코 드러나서는 안 되었다.

당연히 신마맹의 핵심 고수 중 한 명인 철목령주는 결코 무림의 일에 끼어들어선 안 됐다. 자칫 그의 흔적이 정파의 구대문파나 사패에 들어가면 상당히 심각한 문제를 야기시킬 수 있었기 때문이다.

그럼에도 불구하고 철목령주는 흑랑방을 치는 데 직접 나설 수밖에 없었다.

천살검 우정의 몸에 말도 안 되는 상흔을 남긴 자를 반드시 만나보고 싶었다. 그와 직접 손속을 나눠서 누가 진짜 당금 천하의 영웅인지 가려야만 직성이 풀릴 것 같았다.

'…그런데 냄새나는 서생들이 모여 있는 학관이라니! 그런 곳에서 그자는 도대체 뭘 하고 있단 말인가?'

이해가 가지 않는다.

그래서 철목령주는 직접 확인해 보려 했다.

신마맹의 문책?

이미 그의 뇌리에 남아 있지 않다. 관심의 영역을 한참이나 벗어나 있었다.

바람.

저 멀리서 날아와 한줄기 미풍으로 머물더니, 어느새 작은 소용돌이를 형성하고 있었다.

점점 거세지는 회오리!

주변에 떨어져 있던 몇 가지 물건을 들어올린다. 회오리바람을 따라 돌게 만든다. 점차 빨라진다. 자신과 자신이 들어 올린 물건 모두와 함께 말이다.

그러다 충돌!

주변의 모든 것이 산산조각이 났다. 마치 처음부터 아예 어떤 것도 존재하지 않았던 것처럼.

"직접 확인해 보면 알 테지!"

심중에서 일어난 작은 바람의 생성과 소멸까지를 묵묵히 지켜보고 있던 철목령주가 문득 발을 굴러 신형을 날렸다.

이미 마음의 결정을 내렸다.

굳이 시간을 끌 필요는 없었다.

              *   *   *

목연은 숭인학관의 학생들과 함께 청양 시내로 와서 먼저 현청을 찾아갔다.

청양 현령을 만나서 화재에 의한 피해 상황을 전해 듣고, 도울 일을 배정받기 위함이었다. 이런 재난 사태의 경우 피해 대책의 중심은 관부이기에 당연한 조치였다.

그러나 민관이 합동으로 일을 하는 초기엔 항상 불협화음이 나기 마련이다. 일원화된 조직 체계가 갖춰지기 전까지 각자 뭘 먼저 해야 할지 몰라서 난장판이 되기 십상이기 때문이다.

이번 역시 마찬가지였다.

청양 현청의 관원들은 화재가 진압된 지 한참이 지났음에도 우왕좌왕하고 있었다.

일선에 나선 관원 중 이런 대규모 화재를 경험해 본 자가 없어서 그냥 넋을 놓고 있었다.

그들은 그냥 도움을 구하는 이재민들에게 소리를 질러대기만 할 뿐 하는 일이 전혀 없었다. 아마도 섬서성의 도지휘사사나 절도사에서 고위 관료가 내려오기 전까진 이런 일이 계속될 듯싶었다.

어수선하긴 민간 쪽도 마찬가지였다.

화재가 진압되자마자 청양 각지에서 많은 사람들이 모여들었으나 조직체계 자체가 갖춰지지 않았다. 현청의 관원들이 수수방관을 하고 있는 사이 이리저리 몰려다니기만 할 뿐 일이 진척되지 않았다.

그럴 수밖에 없다.

본래 청양에 큰일이 날 때 가장 먼저 사람들이 찾는 건 현청이 아니라 각 분야의 대표자들이었다.

상계의 성원장주!

학계의 숭인학관 대학사와 유현장주!

정파의 개방 청양 분타주, 흑도의 흑랑방주!

각기 서로 다른 분야에서 청양을 대표하는 세력을 이끄는 거인들이었다. 그들이야말로 청양을 정신적 물질적으로 지배하고, 존경받고, 실질적인 일을 진행하는 장로와 같은 존재들이라 할 수 있었다.

그러나 이번에는 상황이 묘했다.

상계를 대표할뿐더러 자타공인 청양 제일인 성원장주 성상경이 움직이지 않았다.

성원장 휘하의 상단을 통해 몇몇 구호 물품을 현청에 전달하긴 했으나 그의 청양 내 위치로 볼 때 이해할 수 없는 행동이었다.

유현장주 유성룡은 한술 더 떴다.

화재가 일어나고, 수습이 된 지 한참이 지났을 때까지 유성룡은커녕 유현장의 어떤 사람도 청양 시내에 나타나지 않았다. 완전한 무관심으로 일관했다.

하지만 위의 두 가문의 행태는 흑랑방의 몰락에 비하면 놀랄 일도 아니었다.

청양 대화재와 함께 명실상부 청양 흑도의 정점이었던 흑랑방은 방주 위무진과 함께 몰살을 당했다. 청양 사람들의 관심이 온통 화재에 몰려 있는 동안 방 자체가 깨끗이 지워져 버린 것이다.

당연히 청양 내 여론은 흉흉했다.

이번 화재가 사실은 흑랑방을 없애려는 다른 무림 세력에 의해 자행된 만행이란 얘기가 공공연히 시내를 떠돌아 다녔다.

개방의 청양 분타주 위풍걸개와 풍운삼개!

어느새 그들은 유력한 용의자로 지목되었다. 청양에서 흑랑방에 대적할 수 있는 유일한 정파 세력이 개방이란 건 삼척동자라도 알고 있는 일이었기 때문이다.

자연스럽게 개방과 거지들에 대한 여론이 급격히 나빠졌다.

동냥을 하러 거지들이 나타나면 사람들은 상점의 문을 닫아걸고, 아이들을 집으로 데리고 들어갔다. 혹시라도 아직 남아 있을지 모를 싸움의 불씨에 휘말려 들 것을 사람들은 두려워했다.

그래서였을 것이다.

청양 사람들의 시선은 어느새 목연에게 향하고 있었다.

수 해 전 대학사 목극연이 죽은 후 쇄락을 거듭하던 숭인학관의 새 주인인 그녀가 청양에 첫 등장했다. 자신이 가르치는 한 떼의 학생들을 이끌고서 말이다.

숭인학관과 대학사 목극연에 대한 존경심을 잊지 않고 있던 청양 사람들이 목연을 주목한 건 어쩌면 당연했다. 아주 오랜만에 숭인학관의 이름이 청양 사람들의 입에서 오르내리게 되었다.

하지만 현청 관원들과 대화를 나눈 목연의 표정은 무척 어두웠다.

'하아! 이만하면 인력이나 재원은 그리 부족하지 않은데, 사람들이 움직이려고 하지 않으니, 이 일을 어찌한다! 구난과 구휼은 본래 적시에 이뤄져야만 피해를 최소화할 수 있는데……'

목연의 파악은 정확했다.

본래 작은 마을치고 꽤 부유한 청양이기에 화재 진압 후 물자와 재원은 꽤 수월하게 모을 수 있었다. 인력 역시 제법 많이 모여들어서 현청 앞에 장사진을 치고 있을 정도였다. 아예큰 장이 선 것과 다름없었다.

그러나 구슬도 꿰어야 보물이란 말이 있다.

지금 청양의 상황이 딱 그랬다.

현청의 관원들과 모여든 사람들 모두가 누구도 앞에 나서려하지 않았고, 무엇을 해야 할지도 몰랐다. 아직 현 사태의 파악이 제대로 이뤄지지 않았음이 분명했다.

그래서 목연은 고심에 빠졌다.

머리로는 어떻게 해야 할지 알겠는데, 사람들을 부릴 자신이 없었다. 부친 목극연과 같은 명성과 인망이 그녀에게는 존재하기 않았기 때문이다.

그때 고민에 빠져 있는 목연의 곁으로 이현이 하품을 하며 다가왔다.

"하아아암! 목 소저, 지금부터 우리는 뭘 하면 됩니까?"

'이 공자……'

이현의 천하태평한 모습에 목연이 잠시 입가에 부드러운 미소를 매달았다.

방금 전까지 두통과 함께 위가 아파올 만큼 긴장하고 있었다.

자신 때문이 아니다.

부친 목극연이 이룩한 숭인학관의 명성에 혹시 해를 입힐까 봐 겁을 집어먹어서였다.

그런데 참 이상하다.

눈앞의 수업 땡땡이치기 대장에 숙제 베끼기 선수인 골칫덩이 학생을 보자 두통이 사라졌다. 따끔거리던 위의 통증 역시 완화되었다. 마음속을 짓누르고 있던 부담감이 순식간에 사라져 버린 것이다.

"이 공자 생각에는 지금 우리가 가장 먼저 해야 할 건 뭔가요?"

"그거야 간단하죠."

"고견을 말씀해 주세요!"

"목 소저께서 명령을 하시고 우리는 따르면 됩니다."

목연의 얼굴에 삼돌고 있넌 기대감이 빠르게 사라졌다. 이현이 한 말은 그야말로 건질 것이 없는 수준이었다. 역시 골칫덩이 이현에게 너무 큰 기대를 걸었던 걸까?

그때 이현이 첨언했다.

"물론 목 소저는 우리에게만 명령을 내려선 안 됩니다. 여기 모여 있는 사람 전체에게 명령을 내릴 수 있어야만 합니다."

"그건 불가능한 일이에요. 저는 평범한 일개 아녀자인데 어찌 이곳에 모인 분들에게 명령을 할 수 있겠어요?"

"강제적으로도 그리해야만 합니다. 그렇지 않다면 이번 화재의 피해 대책이나 구제는 한도 끝도 없이 지연되고 말 테니까요."

'이 공자, 정확하게 상황 파악을 하고 있잖아?'

목연은 새삼스럽게 이현을 바라봤다.

그에게 이런 제대로 된 문제 제기를 듣게 되리라곤 상상조차 하지 못했다.

그래서 묻는다.

"이 공자에게 묻겠어요. 제가 어떻게 그같이 할 수 있을까요?"

"처음부터 말했다시피 목 소저께서 명령을 하시고, 저희가 따르면 됩니다."

"……"

"제게 명령을 내려주시겠습니까?"

이현의 재촉에 마음이 움직인 목연이 잠시 고심하다 천천히 고개를 끄덕여 보였다.

"예, 이 공자에게 부탁드리도록 하겠어요!"

"명을 받들겠습니다."

이현이 숭인학관에서보다 훨씬 정중하게 목연에게 허리를 숙여 보이고 신형을 돌려 세웠다.

씨익!

목연은 보지 못했던 득의만면한 미소.

드디어 심심하던 상황이 끝났다. 이제 재미있어질 일만 남았다.

第四章

오늘, 그는 좀 바빴다

까닥! 까닥!

이현이 손으로 부르자 악영인이 커다란 뼈다귀를 본 강아지처럼 달려왔다.

"형님! 형님! 왜 부르셨수? 술이나 먹으러 갈까요? 제가 몇 군데 괜찮은 가게를 봐놓고 왔는데?"

"저녁에 가자."

"에이!"

대놓고 실망한 기색을 내비치는 악영인에게 이현이 응징의 딱밤을 내려줬다.

따악!

"아얏! 형님, 이게 무슨 짓이오? 혹 났잖수! 혹!"

"시끄럽고."

머리를 부여잡고 방방 날뛰고 있는 악영인을 한마디로 제압한 이현이 이번에는 북궁창성을 손짓했다.

"북궁 사제, 좀 와주겠어?"

"예, 사형."

북궁창성이 빠른 걸음으로 다가들자 악영인이 더욱 방방 뛰었다.

"형님, 왜 사람 대접이 이렇게 다릅니까? 저도 좀 부드럽게 대해주십시오!"

"자꾸 그러면 저녁에 술집 안 간다?"

"본래 거칠게 사람을 대하는 게 형님의 참 매력입죠!"

'알기 쉬운 놈!'

이현이 악영인의 재빠른 태세전환에 피식 웃어 보였다. 이렇게까지 엉겨 붙으며 귀찮게 구는데도 밉지 않은 것도 참 대단한 재주란 생각이 들었다.

역시 특유의 껄렁껄렁한 태도에도 불구하고 목연에 버금갈 정도로 예쁘게 생겼기 때문일까?

그때 북궁창성이 다가왔다.

창백한 피부에도 불구하고 얼굴에서 후광이 비친다. 악영인과 함께 숭인학관을 대표하는 미남자란 건 절대 부인할 수 없을 것 같다.

이현이 내심 고개를 끄덕이고 말했다.

"북궁 사제에게 한 가지 부탁을 해야겠다."

"명해주십시오."

"우리 학관의 학생들을 이끌고 현청 인근에 모여 있는 자들의 숫자와 소속, 직능(職能) 등을 파악해 줘."

"바로 시행하겠습니다."

악영인이 질투 어린 표정으로 북궁창성을 노려보다 이현에게 소리쳤다.

"형님! 절 먼저 부르셨잖습니까?"

"응, 불렀지."

"그런데 어째서 이 북궁 애송이한테 먼저 임무를 하달하시는 겁니까?"

"네가 할 일은 그 이후니까."

"그 이후요?"

"그래, 북궁 사제가 일을 끝마친 후 네가 그들을 통솔하도록 해!"

"저더러 여기 모인 자들의 통솔자가 되라는 겁니까?"

"그래, 수단과 방법을 가리지 않고 여기 모인 자들을 일사불란하게 움직일 수 있도록 조련해 놔."

"그런 거라면 북궁 애송이 녀석 없어도 저 혼자 할 수 있는데요?"

"그건 안 돼!"

"왜요?"

"이번 청양 화재를 수습하는 공적은 전적으로 숭인학관과 목 소저에게 돌아가야 한다. 다른 자들이 아닌 숭인학관의 학사와 학생들이 재건 작업의 중심이 되어야만 한다는 뜻이다."

"……."

"그러니 만약 네놈이 내 말을 어기고 혼자 나서서 목 소저와 숭인학관에 누를 끼친다면 엉덩이를 걷어차이는 정도로는 끝나지 않을 거다."

"쳇! 알겠수다!"

악영인이 입술을 삐죽거리면서도 이현의 말에 수긍했다. 목연과 관계된 일에는 제법 진중해지는 그의 성향을 알고 있었기 때문이다.

물론 속내는 좀 다르다.

'어차피 북궁 애송이 녀석에게는 문서와 분류 작업 같은 거나 맡기면 되겠지. 어차피 힘쓰는 일은 내 전문 분야니까 말야. 그리고 형님하고 저녁에 주점에 가서 술 대작을 그냥! 캬아!'

노동 뒤 꿀맛 같은 술 한잔!

생각만으로 악영인의 목울대가 꿈틀거렸다.

그때 북궁창성에게 몇 마디 지시 사항을 전달한 이현이 손을 흔들어 보였다.

"그럼 나는 그동안 볼일 좀 보고 올 테니, 최종적인 보고는 목 소저에게 올려라!"

"예, 잘 다녀오십시오!"

"예, 잘 다녀…… 어딜 또 혼자서 가시려고요?"

북궁창성을 따라서 고개를 숙여 보이던 악영인이 발작적으로 소리쳤으나 이미 늦었다.

휘에엥!

어느새 두 사람 앞에는 썰렁한 바람만이 남아 있었다. 이현은 이미 모습을 감춰 버린 것이다.

"아, 정말!"

악영인이 짜증을 담아 소리 질렀다.

*　　　　*　　　　*

펙!

풍운삼개의 맏형이자 개방 청양 분타의 이인자인 장팔사모 장오가 엉덩이에 강한 충격을 느끼며 앞으로 고꾸라졌다.

"어떤 후레자식이 감히……."

"나야."

바닥을 손바닥으로 짚고 신형을 돌려 일어서던 장오의 얼굴이 창백하게 변했다.

절대 잊지 못할 것 같은 얼굴.

얼마 전 청양 분타 전체를 뒤집어놓았던 이현이 손을 흔들며 서 있었다. 얼굴에는 특유의 속내를 알기 힘든 웃음을 담뿍 담고서 말이다.

"…어, 어찌 그러십니까?"

"왜 눈은 옆으로 돌리는데? 혹시 나한테 죄지었어?"

"죄는 무슨 죄를 지었다고 그러십니까! 나 장오, 평생 동안 하늘을 우러러 한 점 부끄럽지 않은 인생을 살아왔다고 자부합니다!"

"그럼 네가 모시는 위풍걸개란 거지는?"

"……."

위풍걸개까지 책임질 생각은 없었는지 장오가 얼굴을 붉힌 채 입을 다물었다.

참, 어찌 보면 사람이 정말 강직하다.

'그래서 이런 자는 이용해 먹기가 쉽단 말씀이야?'

내심 눈을 번뜩인 이현이 말투를 부드럽게 바꿨다.

"이번에 청양에서 난 화재 말야. 개방하고는 관련이 없는 거겠지?"

"본방은 천하제일방이자 정파의 기둥입니다! 어찌 민간인들에게 피해를 입히는 일을 벌일 수 있겠습니까?"

"하지만 흑랑방은 민간인들이 아니잖아? 내가 좀 알아봤더니, 청양 시내에 불을 싸지른 놈들이 혼란이 일어난 틈에 흑랑방을 완전히 지워 버렸던데?"

"어찌 그런 것까지 알아내셨습니까?"

"내가 좀 정보력이 탁월하거든."

"……."

"그래서 말인데 개방에서는 이번 일에 그냥 수수방관할 셈이야?"

"흑랑방은 흑도의 잡배들이 모인 곳으로 본래 세상에 해악만 끼치는 집단입니다."

"그렇다고 해서 몰살을 당한 건 좀 아니잖아? 거령신권패인가 하는 방주하고 몇 명의 수뇌부만 정리하는 선에서 끝냈어야지 말야?"

"그건 저도 좀 너무했다는 생각이 듭니다만……."

"그러니 날 좀 도와줘."

"……."

"뭘 그렇게 어이없다는 표정으로 사람을 바라봐? 개방은 정의의 집단이잖아? 마을에 불 지르고, 사람 죽인 놈들을 그냥 놔둬선 안 되는 거잖아?"

"딴은 그렇습니다만 귀공과 우리 개방은 악연이라 할 수 있는데, 어찌 도와달란 말을 그리 쉽게 하십니까?"

"악연은 언제든 선연이 될 수 있는 거야. 게다가 내가 장오 당신을 찾아온 건 이 근방에서 가장 믿을 만한 협객이라고 생각해서야. 위풍걸개는 믿지 못해도 당신을 비롯한 풍운삼개는 다르다고 생각했거든. 내가 잘못 생각했었나?"

"……."

이현의 말을 듣는 동안 털북숭이 얼굴에 몇 번이나 감정을 드러낸 장오가 인상을 찌푸려 보였다.

이현의 마지막 말.

그의 가장 취약한 부분을 건드렸다.

협객!

어찌 개방의 제자가 이 말을 듣고, 움직이지 않을 수 있겠는가?

'게다가 숭인학관의 이 젊은 학사는 무림 중에 숨어 있는 일종의 은거기인이다. 만약 그의 부탁을 들어주지 않는다면 우리 개방 거지들에게 무슨 해코지를 할지 모른다!'

전날 경험한 이현의 놀라운 무공!

평생 처음 보는 신위였다.

그의 생각으론 개방의 총타에 있는 장로급의 고수라 해도 감히 이현과 무공을 견줄 수는 없을 것 같았다. 그만큼 깊은 충격과 공포를 느꼈다.

지금 역시 마찬가지다.

오싹!

이현이 청양 분타를 홀로 쑥대밭으로 만들었던 날을 떠올린 장오가 결국 몸을 한 차례 떨어 보이곤 고개를 끄덕여 보였다.

"이번만큼은 귀공의 뜻에 따르도록 하겠습니다. 하지만……."

"하지만?"

"…이건 어디까지나 개방이 아니라 장오 혼자의 선택입니다. 그 점을 잊지 말아주십시오!"

"그러지."

이현이 짐짓 너그럽게 장오의 체면을 세워주고 바로 자신이 바라는 바를 말했다.

"지금부터 장 대협은 청양 시내에서 화재가 일어났을 때 성원장 쪽에서 일어난 변화나 움직임에 대해 하나도 빼놓지 않고 알아봐 줘. 아주 작은 인적 변화나 움직임이라도 절대 누락해서는 안 돼!"

"성원장이라고 하셨습니까?"

"그래. 아! 그리고 장 대협!"

갑자기 생각난 듯 장오를 다시 부른 이현이 조금쯤은 진심을 담아 말했다.

"고맙소!"

"아직 그런 말을 듣기엔 이른 것 같습니다."

"내게는 이른 게 아니오. 한 명의 진짜 협객을 만나게 되었으니까."

"……."

장오의 취향을 완벽하게 저격하는 말을 마지막으로 이현이 신형을 돌려세웠다.

오늘, 그는 좀 바빴다.

목연의 명령을 수행해야만 했기에.

숭인학관.

멀찍이 보이는 커다랗고 빛바랜 고택을 철목령주는 잠시 바라보고 서 있었다.

유현장의 둘째 유정상을 폐인으로 만들어서 알아낸 정보!

숭인학관에 숨어 있는 괴물의 존재다.

철목령주가 우연히 발견하고 내심 기함을 터뜨렸던 천살검 우종의 몸에 남은 상흔. 그것은 솔직히 대단했다. 평생 천하를 오시할 정도의 무공을 자랑하던 철목령주조차 쉽사리 파훼 수법을 발견하지 못할 만큼 말이다.

그래서 찾아왔다.

신마맹의 지엄한 규칙까지 어겨가면서.

그런데 조금 이상하다.

숭인학관을 자신의 기감을 이용해 샅샅이 뒤져봤으나 특별히 걸리는 게 없었다. 더욱 정확히 말하자면 초고수의 흔적이 전혀 느껴지지 않았다.

이런 경우 예측할 수 있는 건 두 가지다.

초고수가 없거나, 그 초고수의 무공이 기감을 방출한 철목령주를 월등히 상회하거나.

두 가지 경우 모두 철목령주는 받아들일 수 없었다.

그래서 방법을 바꾸기로 했다.

'그럼 어디 한번 불러내 볼까?'

내심의 중얼거림과 함께 철목령주가 은밀히 탐지의 기능만을 수행하던 기감의 강도를 바꿨다.

기파(氣波)!

기감 자체의 기질을 바꿔 버렸다.

은은하던 바람이 폭풍으로 돌변했다. 그리고 그 폭풍은 순식간에 숭인학관 전체를 뒤집어놨다. 압도적인 광풍폭우와 같이 그 안에 있는 모든 것을 몽땅 헤집어 버렸다.

이는 사자후와 비슷한 효과를 발휘한다.

단지 사자후와 다른 점이 있다면 음파와 기파의 차이일 뿐이었다.

사자후가 청각을 통해 시전자의 영향력을 행사한다면, 철목령주가 발한 기파는 몸 전체의 생체 기운에 문제를 야기시켰다.

체내의 균형 자체를 붕괴시켜 버리는 것이다.

그리고 그로 인한 영향은 무공이 높을수록 더 심하게 받게 된다. 고수일수록, 특히 내가의 무공을 전문적으로 익힌 자일수록 큰 피해를 받게 된다는 뜻.

이로써 철목령주의 의도는 정확해진다.

그는 숭인학관에 숨어 있다고 믿는 초고수에게 결투장을 전달한 것이다.

당장 나오라고!

그렇지 않으면 네가 속한 숭인학관 자체를 날려 버리겠다고!

"우웩!"

잠영쌍위의 첫째 은야검이 아침에 먹었던 음식을 몽땅 게워냈다.

뿐만 아니다.

그가 게워낸 음식 찌꺼기 속에는 피까지 점점이 섞여 있었다. 순식간에 상당한 정도의 내상까지 당해 버린 것이다.

이유는 뻔하다.

느닷없이 숭인학관 전체로 퍼져 나간 정체불명의 기파!

거의 마공이라 칭할 수 있을 정도의 위력이었다.

단지 한 차례 기의 방출만으로 잠영은밀대에서 다섯 손가락 안에 꼽히던 일류고수 은야검에게 내상을 입혔으니 말이다.

슥!

하지만 은야검은 소매로 입가를 훔치며 오히려 미소 지었다. 오늘 숭인학관에 북궁창성과 월곡도 소화영이 없다는 걸 알고 있었기 때문이다.

'후후, 드디어 정체불명의 괴물이 이빨을 드러낸 것인가? 그렇지만 너는 한 가지 큰 착각을 했다! 천하제일세가 북궁세가 잠영은밀대 소속 잠영쌍위 은야검은 결코 타인의 강박에 굴하는 성격이 아니니까 말이다!'

다른 누가 아닌 스스로에게 한 다짐이다.

맹세였다.

심중 깊숙이 차오르고 있는 공포감을 이겨내기 위한 최소한의 자기 위안이었다.

그러나 그것도 잠시뿐.

다시 기파의 이격이 몰려오자 은야검의 입에서 분수같이 핏물이 쏟아져 나왔다.

단숨에 내상이 심해졌다.

이대로 있다가는 아무것도 해보지 못하고 은신한 자리에서 목숨을 내놓아야 할지도 모르겠다.

그리고 그건 은야검이 바라는 바가 아니었다.

영예로운 북궁세가의 무사!

적어도 죽을 때만큼은 당당하게 맞이하고 싶었다. 자신을 죽인 채 누구에게도 모습을 드러내지 않는 그림자로서가 아니라 말이다.

슥!

떨리는 손으로 다시 입가를 훔친 은야검이 검을 빼 들었다.

북궁창성의 비밀 호위가 아니라 당당한 한 사람의 무인으로서 숭인학관에 몰려든 암운에 맞서기로 마음먹은 것이다.

소화영은 아침부터 기분이 좋았다.

이현의 꼬임에 넘어가 숭인학관의 하녀가 된 지 수삼 일.

그동안 열심히 숭인학관 하인들의 대장 격인 주방 할멈에게 충성을 바친 끝에 학생들의 청양 외출에 따라나서게 되었다. 학사와 학생들의 식사를 챙겨줄 사람으로 낙점이 된 것이다.

당연히 그녀는 지근거리에서 북궁창성을 챙겼다.

그를 은밀하게 따라다니며 어느 때보다 가까이에서 마음껏 훔쳐 봤다. 항상 은근히 신경 쓰고 있던 은야검이 숭인학관에 남았기에 더더욱 자신의 욕심을 챙겼다. 어차피 이런 기회가 그리 쉽게 오지 않는다는 걸 알았기 때문이다.

"랄라! 랄라! 북궁 공자님한테 식사하고 물통을 전해 드리기 위해서 그분 곁에 어쩔 수 없이 갈 수밖에 없구나! 이건 정말 어쩔 수 없는 일이야!"

전혀 본심과는 거리가 먼 말을 중얼거리며 소화영은 도시락과 물통을 챙겼다.

겉으로 보이기엔 다른 학생들 것과 똑같은 도시락 통.

내용물은 완전히 다르다.

새벽부터 부산스럽게 준비한 끝에 북궁창성에 대한 애정이 담뿍 들어가 있는 애처(愛妻) 도시락을 완성했다. 누구든 도시락 통의 뚜껑을 여는 순간 그녀의 활활 타오르고 있는 마음을 알아챌 수 있을 터였다.

한데, 행복에 겨워 얼굴이 달맞이꽃처럼 활짝 핀 채 북궁창성을 찾아간 소화영의 안색이 딱딱하게 굳었다.

호사다마(好事多魔)라고 했던가?

좋은 일에는 꼭 마가 낀다더니, 지금 상황이 딱 그렇다.

북궁창성의 곁.

언제 왔는지 이현이 서서 이것저것 지시를 내리고 있었다. 오전 내내 바쁘게 학생들과 청양 재건 인원 점검을 하고 있던 북궁창성의 공적을 단숨에 빼앗아가고 있는 것이다.

'나쁜 놈! 북궁 공자님께서 일은 다 하셨는데, 내내 어디 가서 놀고 다니던 놈이 뒤늦게 와서 숟가락만 얹으려 하다니! 하늘에 계신 천신천장님은 뭘 하시는지 몰라! 저런 놈한테 날벼락을 떨어뜨리지 않으시고 말야!'

그때 분노의 불꽃으로 활활 타오르고 있던 소화영의 눈속에 또 다른 마가 포착되었다.

악영인.

북궁창성을 뺨칠 만큼 잘생긴 미남.

그러나 왠지 모르게 소화영은 그에게 정이 가지 않았다.

본래 북궁창성뿐 아니라 모든 미남에게 남다른 애정과 너그러운 마음을 품고 있던 그녀의 성정을 생각하면 좀 이상한 일이었다. 북궁창성이 노골적으로 악영인을 싫어하는 건 차치하더라도 말이다.

'홍! 저 기생오라비처럼 생긴 악가 녀석도 왔잖아! 얼굴 좀 곱상하게 생긴 걸 믿고 감히 주제도 모르고 북궁 공자님이 하시는 일에 사사건건 훼방을 놓고 말야! 저놈도 분명히 곱게 죽지는 못할 거야! 분명히 그렇게 될 거라구!'

연달아 두 명의 사내한테 악의가 담긴 살을 날리는 소화영이었다.

그때다.

문득 시선을 소화영에게 던진 이현이 냉큼 그녀에게 달려왔다.

"우와, 도시락이다! 도시락!"

"이, 이건……."

"그러고 보니 벌써 점심때로구나! 우리 밥 먹고 하자! 밥 먹고 해!"

"…어멋!"

순식간에 이현에게 애지중지 손에 들고 있던 애처 도시락을 빼앗긴 소화영이 발을 동동 굴렀다. 이게 어떻게 만든 도시락인데!

그녀는 주변의 시선도 의식치 못하고 이현에게 달려들 뻔했다. 그만큼 이번 애처 도시락에 온갖 심혈을 다 기울였던 것이다.

그러나 음식에 대한 이현의 집념은 보통이 아니었다.

슥! 사삭!

순식간에 소화영에게서 물러난 이현이 도시락 통을 열고는 완전히 만족한 표정을 지어 보였다.

"좋았어!"

'네가 좋아할 것이 아니다!'

소화영이 분노와 원망을 섞어 이현을 노려봤다. 그가 도시락 안의 내용물을 보고 희희낙락하는 모습이 너무 미웠다.

그러거나 말거나 이현은 이미 도시락 속에 담긴 소화영의 북궁창성에 대한 마음을 집어먹고 있었다. 그녀의 마음을 갈기갈기 찢어발기면서 말이다.

그러자 악영인도 가세했다.

"형님, 도시락 정도에 뭘 그리… 우와앗! 이거 엄청나잖아! 형님, 저도 맛 좀 봅시다!"

"꺼져!"

이현은 육탄돌격해 오는 악영인을 발로 걷어찼다.

파팍!

그러자 가볍게 신형을 띄워 올려 이현의 발을 피해내는 악영인!

짧은 순간, 몇 가지나 되는 신법의 변화를 부린다.

그만큼 이현을 경계한 움직임이다.

하나 이현은 어느새 저만치 앞으로 걸어가고 있었다. 소화영에게서 강탈한 애처 도시락을 혼자 먹기 위해서 아무도 모르는 곳을 찾아 도망가고 있는 것이다.

"형님! 정말 이러기요! 먹을 거 가지고 그러면 안 됩니다! 벌받는다고요!"

"넌 네 도시락이나 처먹어!"

"형님께 특별하다구요!"

"안 특별해!"

"그럼 내 도시락을 줄 테니, 형님 도시락을 내놓으시오!"

"싫다!"

"형님이 그렇게 거부 반응을 보이는 것으로 이미 상황은 종결된 거요! 어서 도시락을 내놔요!"

"싫다고 했다!"

"싫다면 탈취할 거요!"

"자신 있으면 해보던가?"

"후회하지 마시오!"

악영인이 진짜 이현에게 달려들었다. 누가 보건 말건 반드시 이현의 도시락을 빼앗아 먹고 말겠다는 의지를 노골적으로 드러낸 것이다.

그러나 이현은 개의치 않았다.

연신 손가락으로 도시락을 까먹으면서 달려드는 악영인을 한 발만을 써서 밀어냈다.

언뜻 보기엔 평범한 도시락 다툼!

그냥 동년배끼리의 장난질에 다름 아니다.

애초 도시락을 강탈당한 소화영에겐 상황이 완전히 달랐다.

온몸을 부들부들 떨면서 두 사람을 죽일 듯 노려보던 그녀는 곧 자신도 모르게 입을 벌렸다.

일견 평범해 보이는 투덕거림 속에 전개되는 눈부신 공방(攻防)!

실로 고급 무학의 정수다.

상당 부분 알아보지 못하는 것 투성이였으나 소화영은 자신도 모르게 눈을 크게 떴다. 그냥 눈에 들어오는 것만으로도 두 사람의 공방에 담긴 높은 품격을 느낄 수 있었기 때문이다.

'저 인간들… 저런 놀라운 무학을 고작해야 내가 만든 도시락 때문에 사용하고 있다니! 아니, 아니지! 그게 어떻게 만든 도시락인데? 내 북궁 공자님에 대한 지고지순한 마음이 담긴 도시락이었다구!'

소화영이 자신도 모르게 북궁창성에게 시선을 돌리다 흠칫 놀란 표정이 되었다.

그녀가 발견한 두 사람의 수준 높은 공방을 북궁창성이 못 알아볼 리 없다. 그 역시 넋을 잃어버린 표정으로 두 사람의 계속되는 공방을 지켜보고 있었다. 마치 자신이 잃어버린 걸 본 사람처럼 말이다.

'북궁 공자님 그렇게 슬픈 표정을 짓지 마세요! 북궁 공자님한테는 제가 다음번에 더 훌륭한 도시락을 만들어 드리겠어요! 오늘 만든 것보다 훨씬 맛있고 좋은 재료를 담뿍 써서 반드시 만들어 드리고 말 거예요!'

소화영이 북궁창성의 현재 마음을 모를 리 없다.

그의 분함.

그의 원통함.

누구보다 가슴 깊이 느끼고 있었다.

하지만 그렇기에 속마음이나마 아는 척을 할 수 없었다. 결사적으로 모른 척했다. 혹시라도 자신의 얼굴에 속마음이 드러나서 북궁창성을 더욱 슬프고 분하게 만들까 봐 그리했다.

한데, 그때였다.

"응?"

그사이 거진 도시락을 3분지 2 이상 먹은 이현이 갑자기 움직임을 멈췄다. 악영인과의 공방을 제멋대로 끝내 버린 것이다.

그러자 그 틈을 타 이현의 손에서 도시락 통을 뺏은 악영인이 세상을 모두 가진 자처럼 양손을 들고 만세했다.

"이겼다!"

"좋겠다."

"어? 그런데 형님, 어딜 또 가시우?"

"갑자기 볼일이 생겼다."

"고작 이거 드시고 가시려고요? 이거 먹고 제 도시락이라도 드릴 테니까……."

"너나 많이 처먹어라!"

"…정말 가셨네?"

계속 이현에게 들이대려던 악영인이 허무한 표정으로 중얼거렸다. 이현이 퉁명스러운 한마디를 남기고 홀연히 모습을 감춰 버렸기 때문이다.

그럼 이제 어찌해야 하려나?

덩그러니 자신의 손에 들려 있는 도시락의 잔해를 힐끔 쳐다본 악영인이 북궁창성에게 걸어갔다.

"야! 이거 맛있으니까 먹어라!"

"싫소."

"먹어!"

"싫다고 했소!"

연달아 단호한 의사 표명을 하는 북궁창성의 모습에 소화영이 가슴을 부여잡았다.

일이 이상하게 되었으나 저 도시락은 분명 그녀가 북궁창성을 위해 만든 것이었다. 그의 연속되는 거절에 연달아 화살을 맞는 것 같았다. 마치 사랑 고백을 했다가 연달아 걷어차인 것 같은 효과를 맛본 거나 다름없었기 때문이다.

후다닥!

그래서 그녀는 맹렬한 기세로 달려가 악영인의 손에서 도시락을 뺏어 들었다.

"이건 본래 제 거예요!"

"아! 그랬던가?"

"그래요! 그러니까 제가 먹을 거예요!"

"하지만 그거 벌써 절반 이상 없어졌는데, 괜찮겠어요?"

"괜찮아요! 괜찮아요!"

연달아 목청을 높여 대답한 소화영이 도시락을 들고 다시 달려갔다.

북궁창성과 악영인.

둘 다 보기 싫었다.

최소한 지금은 말이다.

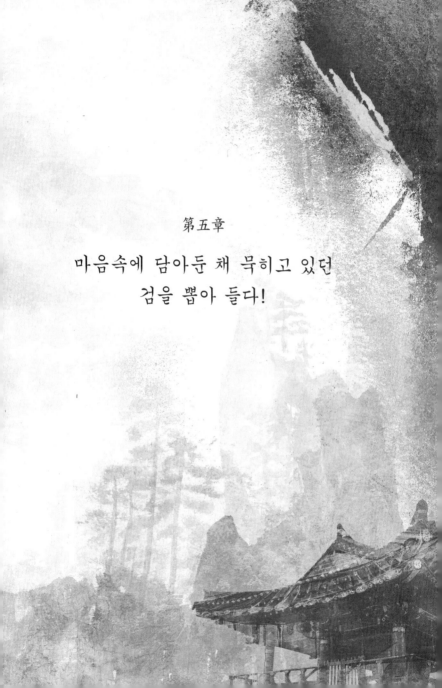

第五章

마음속에 담아둔 채 묵히고 있던
검을 뽑아 들다!

'분명 숭인학관 방면이었는데…….'

청양 시내를 떠난 이현은 순식간에 바람으로 화했다.

은하유영비!

종남파 보신경 중에서도 가장 빠르고 장거리 달리기에 최적화된 절기다. 그리고 이현은 이미 은하유영비를 창시자보다 훨씬 위 단계까지 완성한 상태였다.

당연히 그가 마음먹고 은하유영비를 펼치면 보통 사람은

흔적조차 찾을 수 없다. 겨울밤 하늘에서 은하를 넘어 떨어져 내리는 유성과 같은 속도로 순식간에 수백 장이 넘는 거리를 주파해 버리기 때문이다.

이번에는 조금 더 무리를 했다.

이현은 은하유영비를 이용해 청양 시내에서 10리 이상 떨어진 숭인학관까지 세, 네 호흡만에 달려왔다. 당대의 어떤 경공 고수라도 감히 상상조차 못할 일을 성공한 것이다.

물론 무리에는 대가가 따른다.

"…그건 그렇고 그새 배가 꺼졌네. 먹은 것도 없는데 힘을 너무 써서 배가 완전히 홀쭉해져 버렸어."

이현이 자신의 아랫배를 어루만지며 인상을 썼다.

그나마 오기 전에 도시락 하나를 까먹은 게 다행이었다. 그마저도 먹지 않았다면 은하유영비를 펼쳐 숭인학관 앞에 도달한 순간 이미 너무 배가 고파 현기증을 느꼈을 터였다.

그럼 이현은 왜 이런 무리를 한 것일까?

기파!

맹렬한 진기의 폭발!

보기 드문 고수에게서 방출된 것이 분명한 기파가 이현으로 하여금 다 먹지도 않은 도시락을 포기하게 만들었다. 이런 종류의 기파를 다룰 수 있는 자를 과거 몇 차례 만나서 꽤 크게 싸워본 적이 있었기 때문이다.

하물며 그 기파가 방출된 장소는 숭인학관 부근이었다.

어렵지 않게 파악할 수 있었다.

기파를 방출한 자가 노골적으로 자신이 있는 위치를 알리고 있었기에 말이다.

자신에게 보내온 도전장!

이현은 그렇게 받아들였다.

누가 이런 짓을 할 수 있는지.

혹은 하려는 건지는 아직 잘 모르겠지만 상대방의 의도만큼은 명확하게 이해할 수 있었다.

그러니 받아줄 수밖에!

출종남천하마검행 때와 같이 이현은 마음속에 담아둔 채 묵히고 있던 검을 뽑아 들었다. 그동안 자주 사용하진 않았으나 여전히 칼날은 날카롭다. 파리한 검날로 서늘한 검광이 뿜어져 나오고 있었다.

당연히 그 검이 휘둘러지면 천하가 요동칠 것이다.

어떠한 명검이나 고수라 해도 결코 막아낼 수 없을 테니까.

내심 심중에 떠오른 검날의 광채를 그려내고 있던 이현이 잠시 주변을 둘러보다 눈살을 찌푸려 보였다.

"내가 좀 늦었군."

마음속 검을 뽑자마자 순간적으로 확장된 기감이 곧바로 숭인학관 부근의 야산을 주목했다. 그곳에서 점차 꺼져가고 있는 사람의 호흡을 찾아낸 것이다.

이현의 눈살이 더욱 찌푸려졌다.

이런 반응.

이런 호흡.

과거에 꽤 자주 경험해 봤다.

모두 죽음을 앞둔 자가 보였던 반응이고, 호흡이었다.

이현이 주목한 야산 중턱에서 지금 빠른 속도로 한 사람이 죽어가고 있었다. 그리고 어쩌면 그는 이현이 익히 알고 있는 사람일지도 모른다.

'그래도 모르는 거니까?'

내심 인명은 재천이란 말을 중얼거린 이현이 다시 한줄기 바람이 되었다.

"허억! 허억! 허억! 허억……."

은야검은 짧은 숨을 연신 빠르게 토해내고 있었다.

오랫동안 내공을 연마한 내가의 고수.

적어도 1갑자(60년)에 달하는 내공을 이뤘다고 자부하던 은야검과는 무척 어울리지 않는 호흡이다.

본래 내공 수련이란 천기를 거슬리는 법.

천지의 기운을 몸속으로 받아들여서 억지로 단전에 위치한 기해혈에 쌓는 건 그만큼 힘든 일이었다. 조금만 방심해도 기해혈에 머물러야 할 내공진기가 기경팔맥으로 흩어지고, 몸 밖으로 사라져 버리기 때문이다.

그래서 내공을 수련한 내가고수의 참을성은 상상을 불허할 정도였다. 항상 내공진기를 기해혈에 온전히 쌓아서 내단을 형성시키기 위해 호흡과 동작, 진기의 유동을 철저하게 관리하는 일은 그만큼 힘들었다.

무림의 각문각파에 비밀리에 전수되는 독문의 내공심법!

신공절학!

그 모든 것은 방식은 다르지만 모두 이 같은 일을 효율적이고 체계적으로 통제하는 방법이었다.

당연히 아무나 이런 일이 가능하지 않는다.

무림의 각문각파는 어려서부터 철저히 재능 있는 인재를 골라내서 특수한 훈련을 시키고, 참을성을 시험한다. 끝까지 수련에서 이탈하지 않을 자를 뽑아서 제자로 들이기 위함이었다.

그리고 그 같은 엄격한 시험을 통과한 제자에게 비로소 독문의 내공심법을 전수한다.

비인부전(非人不傳)!

사람이 아니면 전하지 않는다!

이것이 바로 무림 각문각파가 후대에까지 명성과 자신들의 절학을 남기는 방법이었다. 독문의 내공심법을 전수하는 건 그중 백미 중의 백미였고 말이다.

은야검은 천하제일세가라 불리는 서패 북궁세가에서 위와 같은 과정을 모두 경험한 사람이었다. 비록 북궁의 혈통을 타고나진 못했으나 최상급의 내공심법을 전수받았고, 상당한 경지까지 익혔다.

북궁세가 가주 천풍신도왕 북궁인걸의 둘째 아들, 북궁창성의 그림자!

북궁세가의 무사라면 누구나 명예롭게 생각할 임무가 그에게 맡겨진 건 결코 우연이 아니었다.

그러니 그가 자신이 익힌 북궁세가 독문 내공심법의 금기를 깨는 호흡을 일관하고 있는 건 분명 이유가 있었다. 이미 기해혈이 박살나 내공이 전폐된 상황에서 조금이나마 생명을 연장하기 위해 억지를 부리고 있는 것이다.

그렇다.

그는 억지를 부리고 있었다.

어떻게든 목숨을 조금이라도 더 연명하여 자신을 이렇게 만든 적에 대해 소화영에게 경고하기 위함이었다.

그리고 그러기 위해 그는 기해혈이 박살난 후 갈 곳을 잃어 버린 1갑자 내공을 짧은 호흡으로 몸 전체에 퍼뜨렸다. 내공진 기가 완전히 흩어지기 전까진 자신의 몸에 생기를 유지시켜 줄 것을 알고 있었기 때문이다.

한데, 갑자기 짧게 짧게 호흡을 끊어 쉬고 있던 은야검의 눈이 크게 확장되었다.

슥!

하늘 위에서 뚝 떨어진 것처럼 이현이 그의 앞에 모습을 드 러낸 걸 본 것이다.

'하, 하필이면 이 괴물이 나타나다니!'

은야검은 극심한 절망으로 인해 호흡하는 것조차 잊어버렸 다.

숭인학관에 갑작스레 나타난 정체불명의 괴물!

갖은 수단과 방법을 동원하고도 정체를 파악할 수 없어서 소화영까지 숭인학관에 투입시켰다. 그녀의 빼어난 미모를 이 용한 미인계로 이현의 정체를 낱낱이 까발리기 위함이었다.

그런데 하필이면 최악의 순간 이렇게 대면하게 되다니!

은야검은 하늘이 원망스러웠다.

이렇게 허무하게 자신의 노력이 물거품되었다는 생각에 얼 굴이 점차 시커멓게 변했다. 그의 생명을 억지로 붙들어놓고 있던 짧은 호흡이 끊기자 빠르게 체내의 장기와 혈액이 동시에 죽어가기 시작한 것이다.

그때 은야검의 앞에 쭈그리고 앉은 이현이 감탄한 듯 중얼 거렸다.

"어떻게 아직까지 살아 있나 했더니, 이런 방법이 있었군. 향후에 참고해 볼 만한 방법이겠어."

'뭘 참고한다는 거냐? 날 능멸하지 말고 빨리 죽여라! 이 괴 물아!'

"하지만 그래 봐야 산송장이로군. 아주 독한 수법에 당했 어. 천축국(天竺國) 쪽의 마공 계열인가?"

'천축국? 그럼 그 악마 같은 늙은이와 괴물이 관련이 없다 는 건가?'

은야검이 의혹의 시선을 이현에게 던졌을 때였다.

툭! 투파곽!

순간적으로 일으킨 진기로 은야검의 전신 대혈을 빠르게 두들긴 이현이 그를 일으켜 앉혔다. 그의 말마따나 이미 산송 장이 된 은야검을 응급조치하기 위함이었다. 자신의 강력한 내공력을 이용해서 말이다.

그러자 확 일그러지는 은야검의 얼굴.

이현의 다소 거친 응급조치가 원인이었다. 그의 몸속을 순 식간에 가득 메워 버린 이현의 내공력은 형언할 수 없을 만큼 지독한 고통을 발생시켰다.

"미안. 하지만 내 전공분야는 의술이 아니라서 당신을 살리려면 이런 거친 방법밖엔 없네."

'으아아아악!'

"뭐, 내 방법이 마음에 안 든다면 나중에 찾아오든가? 내가 북궁 사제의 안면을 봐서 몇 초 정도는 양보해 줄 테니까."

'끄르르륵……'

이현의 진심이 전혀 느껴지지 않는 사과는 안타깝게도 은야검에게 전해지지 못했다. 갑자기 밀어닥친 고통에 그는 졸도로 대응했기 때문이다.

그렇게 얼마나 지났을까?

묵묵히 은야검 치료에 매진하고 있던 이현이 문득 고개를 돌려 30여 장 밖에 서 있는 늙은 소나무를 바라봤다.

대략 3백 년 가량 되었을까?

산 중턱에 자리 잡고 있는 늙은 소나무는 잎이 무성하고 가지가 축 늘어진 게 그 자체로 그럴싸한 풍취를 자아내고 있었다.

부근에 위치한 고색창연한 숭인학관과도 꽤나 잘 어울리는 자태.

물론 이현이 그런 이유 때문에 늙은 소나무 쪽을 바라본 건 아니다.

소나무의 축 늘어진 가지 중 하나.

그 위에 언젠가부터 한 명의 백발 노인이 모습을 드러내고 있었다.

신비 조직인 신마맹의 철목령주!

얼마 전 숭인학관 앞에서 독문의 기파로 주변을 뒤집어놨던 그가 늙은 소나무 위에서 만족스러운 미소를 지어 보이고 있었다. 마치 자신이 은밀하게 쳐 놓은 거미줄에 걸려든 먹잇감을 보고 즐거워하는 거미처럼 말이다.

한데, 이건 또 어찌 된 일인가?

득의만면한 표정의 철목령주와 시선이 마주친 이현 또한 입가에 미소를 매달고 있었다. 그것도 아주 진하게.

씨익!

철목령주의 눈가 주름이 가볍게 미동 쳤다.

'허어! 내가 미끼를 걸고 낚시를 했다고 생각했더니, 오히려 정 반대였는가?'

철목령주가 은야검을 살려둔 이유.

뻔했다.

그는 은야검이 자신이 노리던 신비 고수가 아니란 걸 알고 잠시 낚시를 해보기로 했다. 그를 절박한 상태로 살려 놓은 채 기다리다 보면 분명 더 큰 먹잇감이 걸려들 거라 여긴 것이다.

그런데 그 같은 생각을 이현 또한 하고 있었던 것 같다. 일

부러 은야검을 치료하며 허점을 드러내면 그에게 치명상을 입히고도 살려놓은 당사자를 찾을 수 있다고 말이다.

하면 이 같은 판단을 내리는 자들의 공통점은 무엇일까?

깊이 생각할 것도 없다.

절대 강자!

자신의 패배를 추호도 생각하지 않는 불패전의 초고수만이 갖을 수 있는 특성이다.

거기다 하나 더!

이런 자는 특성상 실전 경험이 무척 많고, 협의를 중시 여기는 명문정파 출신이 아닐 가능성이 높았다. 어떻게 보든 인명이나 도의보다는 수단과 방법을 가리지 않고 상대를 이기는 것에 중점을 둔 자가 쓸 법한 방법이었기 때문이다.

그런 점에서 철목령주는 이현의 무척 젊어 보이는 얼굴에 조금 의아한 표정이 되었다.

멀리서 봐도 알 수 있을 만큼 이현의 젊어 보이는 외양.

아무리 넉넉하게 잡아도 스물을 넘지 않았다.

어쩌면 십 대일 수도 있겠다.

70세가 훌쩍 넘은 철목령주 입장에서는 손주뻘도 되지 않을 만한 나이다. 그가 한참 강호를 종횡하고 다니던 40년 전에는 아마 태어나지도 않았을 터였다.

그러니 조금 고민이 될 수밖에 없다.

혹시 이 역시 숭인학관의 신비 고수가 쳐 놓은 낚시일 수도 있겠다는 생각 때문이다.

하지만 지금 이 순간, 깔끔하게 그 같은 고민은 사라졌다.

철목령주는 확신했다.

자신과 눈이 마주친 이현이 유현장에서 천살검 우종을 제압한 신비의 초고수라는 것을 말이다.

'특수한 인피면구나 변장술의 대가인 것인가?'

그렇다면 결코 이번 기회를 놓쳐선 안 된다.

저만한 수준의 변장술이 가능한 자라면 다시 붙잡기가 거의 불가능할 테니까.

그 같은 생각과 동시였다.

스륵!

문득 딛고 있던 늙은 소나무 가지를 가볍게 발끝으로 퉁겨 낸 철목령주의 신형이 하늘로 날아올랐다.

완만한 포물선!

그러나 속도가 형언할 수 없을 만큼 빠르다!

스파앗!

한 차례 도약으로 철목령주는 30여 장의 거리를 단숨에 단축했다.

긴 설명과는 다르다.

이현의 입가에 떠오른 미소가 사라지기 전에 이미 그는 움직이고 있었다. 30여 장의 거리를 뛰어넘어 단숨에 이현을 공격해 들어온 것이다.

그 기세!

창공을 날아다니다 먹잇감을 향해 덮쳐드는 독수리와 같다.

그 같은 맹수의 폭위(暴威)를 마음껏 드러냈다.

그럼 이현은?

그는 여전히 은야검의 치료에 전념하고 있었다. 한 손을 그의 명문혈에 갖다댄 채 강대한 내력을 끊임없이 쏟아붓고 있었다. 자칫 지금 치료를 중단하면 여태까지의 노력이 물거품으로 돌아갈 수 있었기 때문이다.

'하지만 내게는 아직 자유로운 한 손이 있지!'

이현은 내심 중얼거렸다.

정확히, 철목령주가 그를 향해 신형을 날린 것과 동시에 떠올린 생각이었다.

그리고 그는 자신의 생각대로 행했다.

콰르릉!

순식간에 창공에서 떨어져 내린 철목령주의 수장에서 강력한 내공진기가 폭풍처럼 쏟아져 나왔을 때였다.

피잇!

이현이 여전히 은야검의 명문혈에 왼손을 갖다댄 상태를 유지한 채 오른손을 하늘로 뻗어냈다.

은하적성지(銀河摘星指)!

종남파의 3대 지법 중 하나.

이현이 유일하게 익힌 지법이기도 하다.

사실 평생 검에만 집중했기에 거의 사용한 적이 없었다. 그럴 만한 상황 자체를 만난 적이 없었기 때문이다.

당연히 위력 역시 쉽사리 가늠이 되지 않는다.

실전에서의 첫 번째 사용이니까.

그럼 그는 어째서 이 절체절명의 순간에 은하적성지를 선택한 것일까?

이유는 곧 밝혀졌다.

흠칫!

이현이 은하적성지를 펼친 것과 동시에 하늘에서 떨어져 내리던 철목령주의 안색이 대변했다.

찰나적으로 이현의 손가락을 떠난 은하적성지의 날카로운 기경이 그가 펼친 강력한 장공을 무찔러 들어왔다. 순식간에 장력의 중심부로 파고들어 와 장심(掌心)에 저릿한 통증을 일으킨 것이다.

'내 밀종대수인이 파괴당한다!'

순간적인 판단이었다.

오랜 기간 무수히 많은 실전을 경험하며 체득한 본능의 발동이기도 했다.

스슥!

철목령주가 재빨리 밀종대수인을 거둬들였다. 이현의 은하적성지와 맞상대하는 걸 포기한 것이다.

그리고 공중에서 이뤄진 몇 차례의 회전!

흡사 날개라도 달린 것처럼 철목령주는 공중에서 빠른 변화를 일으키며 바닥에 떨어져 내렸다. 방금 전에 위풍당당하게 선공을 취한 것과는 달리 노안에 당황한 기색이 역력하다. 이런 식으로 자신의 주 장공인 밀종대수인이 파훼당하는 일이 생길 거라곤 상상조차 하지 못했기 때문이다.

이현은 여전했다.

왼손을 은야검의 명문혈에 댄 자세를 유지한 채 그가 철목령주를 향해 천천히 고개를 저어 보였다.

"훌륭한 장공에 더욱 훌륭한 판단력! 경공 역시 초일류의 경지에 도달했으니 나이를 헛되이 먹은 것이 아니로구나!"

"너는……."

"강호 무림이 비록 넓다 하나 그만한 연배까지 살아남아서 아직까지 무림을 돌아다닐 수 있다는 건 결코 쉽지 않은 일. 이쯤에서 물러난다면 오늘 범한 무례를 더 묻지 않을 생각이다."

"…노부더러 이대로 물러나라?"

"늙은이가 여태까지 쌓은 역사를 갸륵하게 생각해서 하는 권유다."

"감히!"

"잘 생각하고 결정해! 똥밭을 굴러도 저승보다는 이승이 낫다는 선현의 지혜에 대해서 말이야!"

"……."

발끈한 표정으로 이현에게 다시 달려들려던 철목령주가 잠시 침묵했다.

이현이 한 말에 감화 감동을 받았기 때문일까?

오히려 반대였다.

그가 파악한 이현은 자신과 동류였다. 명문정파와 관련 없는 마도인인 것이다.

그렇다면 그가 사람을 구하려고 하는 저 행동은 일종의 함정일지도 모른다. 즉, 철목령주 자신으로 하여금 방심하게 만든 후 숨겨놨던 암수를 찔러 넣으려는 치밀한 계획의 일환일 수도 있었다.

'그런 후 던진 도발! 그것이야말로 내게 암수를 대비할 시간

을 주지 않고 승부를 끝장내려는 흉계일 터!'

생각할수록 모골이 송연하다.

첫 번째 공격 때 밀종대수인을 간단히 파괴했던 은하적성지를 생각하니 더욱 마음이 흔들렸다. 이현의 무공이 어쩌면 자신과 상극일 수도 있다는 생각이 들었기 때문이다.

그렇다면 과연 이 상황은 단지 우연일 것인가?

그럴 수도 있고, 아닐 수도 있었다.

하지만 이현을 이미 자신과 동류의 마도인으로 판단 내린 철목령주는 생각이 많아졌다. 머리가 복잡해졌다. 평소 그다지 생각해 본 적도 없었던 신마맹 내부의 권력 구조와 암투까지 고려하게 된 것이다.

그리고 그런 상황을 모두 종합한 끝에 그는 결정을 내렸다.

'일단 물러나도록 한다! 저 속내 시커먼 마도 녀석이 신마맹과 아무런 관련이 없다는 게 확실해지기 전까지!'

내심의 결론에 만족을 한 철목령주가 이현을 향해 흐릿한 미소와 함께 말했다.

"흐흐흐, 확실히 똥밭을 굴러도 저승보다는 이승이 나은 법이지! 금일은 자네가 좀 바빠 보이니, 후일 다시 만나서 못 끝낸 결착을 내기로 하지!"

'딱히 그럴 필요는 없는데……'

이현은 내심 중얼거리며 철목령주를 만류하려다 멈칫했다.

온통 하얗게 센 머리에 왜소한 체격.

얼굴에는 주름이 자글자글하다.

역시 나이가 많은 사형들과 비교해 봐도 훨씬 늙어 보인다. 산세 수려한 종남산에 틀어박혀서 수련하고, 양생에 힘쓰는 사형들과 달리 여태까지 강호를 돌아다니며 고생 좀 해본 얼굴이다. 저렇게 늙은 것도 서러운데 살려고 발버둥 치는 걸 들어주지 않는 것도 야박하다는 생각이 들었다.

"…뭐, 그렇게 합시다."

'역시 뭔가 있었던 게 분명하구나! 내가 그냥 물러간다니까 얼굴에 서운한 기운이 가득한 걸 보니! 이놈아, 내가 암수 따위에 걸릴 위인이라 생각했다면 오산이다!'

내심 자신의 생각이 옳다고 확정지은 철목령주가 입가에 다시 득의만면한 미소를 남긴 채 신형을 공중으로 띄워 올렸다. 역시 멋진 경공술이다. 이현을 덮쳐 들 때처럼 말이다.

순식간에 상황 정리랄까?

하늘 저편으로 멀어져 가고 있는 철목령주를 눈으로 배웅하던 이현이 내심 고개를 끄덕여 보였다.

'노인네가 저렇게 좋아하며 도망가는 걸 보니, 내가 오늘 정파의 제자답게 참 좋은 일을 한 게 맞구만! 그런데 저 늙은이, 이만 금분세수하고 은퇴할 때가 된 것 같은데? 그래도 명색이 무림인이란 자가 체통도 없이 살았다고 저렇게 좋아하는 기색

을 내비치는 걸 보니 말야!'

이현은 문득 출종남천하마검행 당시를 회상했다.

천둥벌거숭이었다.

자신의 무(武)와 한 자루 검만을 믿고 그는 온갖 난장판을 사양치 않고 경험했다.

죽음?

패배?

그딴 건 한 번도 고려해 본 적이 없었다. 그냥 고수를 찾아서 무림을 떠돌았고, 무작정 찾아가서 비무를 신청하고 이겼다. 단 한 번도 예외였던 적이 없었다.

그러던 중 우연한 기회에 과거 대리국이 있던 운남의 점창산 인근에서 숭성사의 노승을 만난 적이 있었다.

처음 봤을 때부터 알아봤다.

고수!

그것도 그동안 본 적이 없었던 초고수!

촉이 왔으니, 그냥 넘어갈 이유가 없었다.

여느 때처럼 이현은 숭성사의 고승에게 무턱대고 시비를 걸었고, 돌아온 건 허허로운 웃음뿐이었다. 어떤 식으로 시비를 걸고 모욕을 가해도 고승은 아무런 대응을 보이지 않았다. 그저 귀엽다는 듯 이현을 대할 뿐이었다.

상황이 그러하니, 이현으로서도 어쩔 도리가 없다.

고승과 무학을 견줘 보고 싶은 마음이 굴뚝같았으나 결국 포기할 수밖에 없었다. 처음 예정대로 점창파로 가서 천하무쌍의 쾌검이라 불리는 사일검법을 시험해 보기로 한 것이다.

한데, 그 같은 이현의 내심을 어떻게 알았는지 고승이 만류의 말을 던졌다. 현재 점창파는 서역 천축국의 고수와 문파의 존망을 걸고 대결을 벌이기 직전이니 이현을 상대해 줄 여력이 없을 거라고 말이다.

이현으로선 완전히 헛품을 판 상황!

그가 화를 내자 고승이 어쩔 수 없다는 듯 천축국 고수의 무공을 설명해 주며 자신의 절기를 펼쳐 보였다.

일양천룡지!

과거 대리국이 있던 무렵, 점창파를 대신해 일대 최강의 문파로 군림했던 숭성사의 천하무쌍의 지공이었다.

우연찮게도 이현은 중원 무학의 시초라고 자부하던 소림사에서조차 한 수 접어준다고 알려진 절대의 지공을 직접 목도하게 된 셈이다.

그리고 당시 전해 들은 게 바로 이 일양천룡지가 천축국 무학의 상극 중의 상극이란 사실이었다. 특히 장공의 일종인 밀종대수인 같은 무공은 아예 시작부터 승부가 끝난 것으로 간

주해도 될 정도였다.

그래서 숭성사에서는 당대에 유일하게 남아 있는 일양천룡지의 계승자인 고승을 이웃인 점창파를 돕기 위해 파견했다. 혹시라도 천축국 고수들에게 점창파가 패퇴당하면 운남 일대의 무림에 큰 문제가 발생할 것을 걱정했기 때문이다.

여기까지 사정 설명을 들은 이현은 결국 점창행을 포기해야만 했다.

이 싸움, 일개인의 명예가 아니라 운남 무림의 존망이 걸린 혈전의 시작일 수 있었다. 이현 같이 다른 동네에서 놀던 자가 끼어들어 물을 흐릴 상황이 아니었다. 그러다 괜스레 운남 무림인 전체한테 공적으로 몰려 몰매를 맞게 될 수도 있었고 말이다.

당시 어쩔 수 없이 철퇴를 결정한 자신을 떠올리며 이현은 철목령주를 용서하기로 했다. 그나 당시의 자신이나 상황은 다르지만 싸움을 포기하고 물러난 건 똑같다는 생각이 들었기 때문이다.

그렇게 과거 회상에 여념이 없는 동안 은야검에 대한 치료가 대충 마무리됐다.

"커헉!"

몸 안에 쌓여 있던 철목령주의 밀종대수인의 독기를 입 밖으로 토해낸 은야검이 축 늘어졌다.

죽음 직전의 생환!

분명 그러했다.

하지만 그의 모든 내공이 자리 잡고 있던 단전의 기해혈은 이미 텅 비어 있었다. 죽음을 뒤로 늦추기 위해 내공을 전신의 기경팔맥으로 흩어버린 영향을 피할 수 없었던 것이다.

"뭐, 무인으로서 내공을 잃어버린다는 건 죽음보다 고통스러운 일일지도 모르지만… 개똥밭에 굴러도 이승이 저승보다 나은 법이니까!"

은야검의 명문혈에서 손을 뗀 이현이 나직한 중얼거림과 함께 신형을 일으켜 세웠다.

문득 철목령주에 대한 생각이 달라진다.

늙은이가 좀 너무한 것 같다.

이런 식으로 무인을 폐인으로 만들어 버렸으니 말이다.

하지만 이게 무인의 삶.

무림에서 일상적으로 벌어지는 일이었다.

무학.

아무리 포장을 한다 해도 결국 타인을 상해하는 수법이었다. 남보다 강해지기 위해 더욱 강한 무공을 원하고, 고련을 한다. 남보다 강해져서 그를 꺾기 위해서.

당연히 반대의 상황도 감수해야만 한다.

자기보다 무공이 강한 고수를 만나서 죽거나 무공을 잃어 버리는 중상을 당하는 은야검 같은 상황 말이다.

"그래도 북궁 사제를 지키다가 이렇게 된 건데, 그냥 떠나긴 뭐하고 하니 이런 거라도 줘볼까?"

툭!

이현이 품에서 꺼내 은야검 앞에 던진 건 낡은 소책자였다.

겉장에 쓰여진 글귀.

본국검해본!

중원의 검법서가 아니다.

해남 쪽을 여행하던 중에 해안가에 자주 출몰하던 해적들 에게서 얻은 실전 검법서였다.

이 검법서의 특징은 내공을 필요로 하지 않는다는 점이었 다.

한 점의 내공 없이 오로지 기괴한 검초와 기합의 합일로써 일류 수준의 검객조차 이길 수 있는 것이다. 죽어라 수련만 한다면 말이다.

과연 은야검은 이 본국검해본의 검법을 익힐 수 있을까?

그건 모두 그에게 달렸다.

무인에게는 목숨이나 다름없는 내공을 완전히 잃어버리고

폐인이 된 그가 향후 좌절하지 않고 일로정진할 수 있느냐에 달렸다.

뭐, 거기까지 이현이 신경 써줄 이유는 없었다.

툭!

잘하라는 의미로 은야검의 옆구리를 한 번 걷어찬 이현이 신형을 돌려 세웠다.

저 멀리 내려다보이는 숭인학관.

언제 암운이 몰려왔냐는 듯 평화롭기 이를 데 없다.

어쩌면 은야검 때문일지도 모르겠다.

그가 목숨을 걸고 철목령주를 막아냈기 때문이다.

노을.

슬슬 청양 시내로 붉은 기운이 하늘 저편으로부터 몰려들기 시작했다.

그사이 많은 일들이 있었다.

숭인학관의 학사와 학생들이 적극적으로 나서서 대화재 이후의 재난 복구 작업에 나섰기 때문이다.

그 중심에는 북궁창성과 악영인이 존재했다.

북궁창성은 이현이 내린 허술한 명령과 달리 철저하게 서류 작업을 했고, 인원과 자재를 확실하게 집결시켰다. 우왕좌왕 하던 명령 체계를 완벽하게 하나로 통일시킨 것이다.

중간에 말을 듣지 않거나 따로 움직이려던 자들은 악영인이 깔끔하게 정리했다. 그의 인간적인 매력과 무력, 통솔력은 금세 사람들을 매료시켰다. 감히 다른 마음을 품지 못하게 확실한 결집을 보이게 만들었다.

그렇게 영(令)이 서자 목연은 수월하게 재난의 사후 처리 작업에 집중할 수 있었다. 사람들과 재원, 자재를 한데 모아서 화재로 절반 이상 폐허가 된 청양 시내의 재건 작업을 빠르게 지휘하게 되었다.

그게 이현이 자리를 비웠던 단 하루 사이에 벌어진 일이다.

재난 관리의 중심인 청양 현청 앞.

그곳은 목연의 명을 받드는 사람들로 가득했다. 어느 순간부터 그녀는 숭인학관의 명성을 드높였던 부친 대학사 목극연의 빈자리를 충분히 메울 수 있는 인망을 얻게 되었다. 청양 사람들 모두에게 말이다.

"호오?"

이현이 청양 현청 쪽으로 걸음을 옮기다 손가락으로 턱을 쓰다듬었다.

한나절 사이 정말 많이 변했다.

이게 난장판이던 곳이 맞나 싶을 정도다.

그때 사람들에게 이리저리 지시를 내리며 바쁘게 뛰어다니고 있던 악영인이 이현을 발견하고 쪼르르 달려왔다.

"형님! 형님!"

"오!"

"어딜 갔다가 이제 오시는 겁니까?"

"바빴지."

"뭘 하느라요?"

"숭인학관과 청양의 평화를 지키기 위해서!"

"거짓말!"

악영인이 이현을 '비겁한 거짓말'을 하는 자처럼 바라보며 커다란 눈을 살짝 흘겼다.

움찔!

이현이 살짝 얼굴을 경직시켰다.

눈을 흘기는 악영인의 자태가 무척이나 도발적이었기 때문이다.

'자식, 사내 녀석이 색기나 뿌리고! 그런 색기는 여자한테나 뿌리라구!'

내심 툴툴거리며 고개를 저어 보이는 이현에게 악영인이 냉큼 달라붙었다.

"형님, 약속 지키셔야죠?"

"약속?"

"저녁 술 약속이요! 설마 잊어먹었던 건 아니겠죠?"

"내 명령대로 잘 수행했냐?"

"당연하죠! 저기 나한테 충성 맹세를 한 귀여운 아그들이 안 보이십니까?"

"과거를 준비하는 학사를 목표로 하는 놈이 말투가 그게 뭐냐?"

"뭐, 저야 날로 먹는 학사고. 형님이야말로 이렇게 맨날 땡땡이를 쳐서 한 달 앞으로 다가온 초시나마 통과하실 수 있겠습니까?"

"한 달?"

태어나서 처음으로 들어보는 말이란 표정을 지어 보이는 이현을 올려다보며, 악영인이 고개를 절레절레 흔들었다.

"큰일이다! 큰일이야! 이번에 초시를 치는 학생들이 형님과 절 포함해서 다섯 명인데, 혼자만 떨어지면 어쩌시려고 그러십니까?"

"북궁 사제는 왜 포함시키지 않는데?"

"모르셨어요? 북궁가의 애송이는 이번에 청양 현청의 추천으로 초시를 무시험으로 통과하게 되었어요. 분명히 북궁가에서 뒷돈이라도 먹이는 더러운 수작을 부렸을 거예요."

"그, 그러면 북궁 사제는 이번에 초시를 안 친다는 거야?"

"칠 필요가 없으니 안 치겠죠."

"으아!"

이현이 양손으로 머리를 잡고 쥐어뜯었다.

그동안 북궁창성에게 과제를 떠밀기만 했지 정작 중요한 사항은 모르고 있었다. 그와 함께 시험을 보면서 적당히 도움을 받으려 했던 원대한 계획 자체가 수포로 돌아가게 생겼다는 걸 말이다.

'내가 너무 방심했다! 북궁 사제만 있으면 초시 정도는 대수롭지 않게 통과할 거라고 너무 방심해 버렸어!'

내심 후회했으나 이미 늦었다.

후회란 언제나 늦는 법이니까.

이현의 절규 속에 청양은 점차 노을의 붉은 기운이 옅어지고 있었다.

밤.

곧 어둠이 덮쳐올 터였다. 한낮 동안 벌어졌던 모든 것을 덮어버리기 위해서 말이다.

第六章

이현의 고민

풍현.

종남파를 떠난 지 석 달 만에 청천백일검 원광도장 일행은 이현의 고향에 도착했다.

이현이 오랫동안 자신의 고향을 숨겨왔던 탓에 꽤나 많은 시행착오를 경험해야만 했다. 고향으로 알았던 곳으로 달려갔다가 허탕하기를 몇 번이나 해야 했고, 중간중간 일어난 사건 사고는 이루다 말할 수 없을 지경이었다.

그러나 고생 끝에 낙이 온다고 곧 구세주가 나타났다.

섬서 하오문 분타주 혈갈 진화정!

중간에 인연을 맺은 바 있었던 그녀는 생각 이상으로 적극적인 도움을 주었다. 자발적으로 이현의 용모파기를 만들어서 여기저기 수소문한 끝에 그의 행선지가 풍현 방면이었음을 알아낸 것이다.

그다음부터는 일사천리였다.

이현이 이름까지 바꾸진 않았기에 얼마 지나지 않아서 풍현의 이가장이 그의 본래 가문임을 알아낼 수 있었다. 종남파를 떠난 그가 곧바로 자신의 가문으로 향했다는 사실과 함께 말이다.

이가장.

풍현 일대에서 소문난 학사 집안을 눈앞에 둔 원광도장은 잠시 눈살을 찌푸리고 있었다.

그의 막내 사제인 이현.

명문정파이자 구대문파에 속한 종남파의 제자임에도 이현의 행동거지는 무척 거칠었다. 좋게 말하면 활동적이고 거침없는 성격이었고, 나쁘게는 마도인과 별반 다를 것이 없는 성품의 소유자였다.

그래서 전대 종남파 장문인이자 이현의 사부였던 풍현진인은 계도하는 의미를 담아 그에게 마검협이란 별호를 지어주었다. 하는 짓은 마도인과 같아도 마음속에 항상 '협객의 의'를 잊지 말라는 의미였다.

물론 그것이 이현에게 얼마만큼 큰 영향을 미쳤는지는 잘 모르겠다. 사부 풍현진인의 입적 소식을 듣고, 출종남천하마검행을 끝마치고 달려온 이현은 곧바로 조사동에 갇혀야만 했기 때문이다.

대의명분은 충분했다.

비검비선대회!

풍현진인의 유명을 언급하며 종남파의 사형제들은 일제히 이현에게 명령했다. 조사동에서 폐관수련을 하면서 화산파의 천하제일인 운검진인과의 비무를 준비하라고 말이다.

하지만 과연 그런 이유 때문만이었을까?

당시 출종남천하마검행으로 인해 명성이 하늘을 찌르게 된 막내 사제를 부담스러워 하던 장문 사형을 원광도장은 똑똑히 기억했다. 말년에 풍현진인의 사랑을 독차지했던 이현이 혹시라도 종남파 장문인의 계승에 불만을 표시하고 나설까 봐 겁이 났던 것이리라.

'그런데 그런 성정의 막내 사제가 본래 유서 깊은 문사 가문

의 적장자였을 줄이야!'

세상일은 참 모르겠다는 생각이 들었다.

그때 원광도장의 옆에 서서 이가장을 향해 이리저리 기웃거리고 있던 전채연이 말했다.

"원광 사숙조님, 왜 들어가지 않고 계신 건가요?"

"남운, 사매를 챙기지 않고 뭘 하느냐?"

"죄송합니다!"

남운이 원광도장의 신호를 듣고 얼른 사매 전채연의 소맷자락을 잡아당겼다. 눈치 없는 그녀를 제어하는 것이야말로 원광도장이 그에게 부여한 가장 임무였던 것이다.

"사매, 잠깐 나하고 저쪽으로 가자."

"왜요?"

"오는 길에 당과를 파는 가게가 있던데, 사매는 먹고 싶지 않아?"

"먹고 싶어요!"

"그럼 나랑 거기 가자."

"좋아요!"

언제 이가장에 관심을 가졌냐는 듯 전채연이 헤헤거리며 남운에게 달라붙었다.

군것질에 약한 것!

그것이야말로 전채연의 가장 큰 약점이었다. 머리가 조금

순수하다는 점과 함께 말이다.

그렇게 두 사람이 떠나가자 홀로 남은 원광도장이 잠시 더 이가장의 현판을 바라보다 조용히 목청을 높여 사람을 불렀다. 일단 부딪쳐 보기로 마음먹은 것이다.

잠시 후.

원광도장은 이숙향과 함께 자리를 하고 있었다.

출종남천하마검행 당시에 이현은 풍현을 지나치던 중 인편을 통해 이숙향에게 간단한 소식을 전달한 바 있었다. 이가장을 가출한 후 종남파에 입문해 제자가 되었으니, 걱정할 필요 없다는 내용이었다.

그 후 두 사람은 서로 몇 차례 서신 왕래를 했었기에 이숙향에게 있어서 눈앞의 원광도장은 그리 낯설지 않았다. 이현의 서신을 받은 후 종남파에 대해서 따로 어느 정도 알아봤기 때문이기도 하였다.

자신의 앞에 놓인 다구에 담긴 찻물을 잠시 응시하고 있던 원광도장이 먼저 입을 열었다.

"먼저 빈도에 대해서 소개를 드려야 할 것 같습니다."

"알고 있어요."

"예?"

"현아에게 들었습니다. 종남파의 살림을 맡고 있는 안주인이시라고요?"

"쿨럭!"

원광도장이 사레가 걸린 것처럼 기침을 터뜨렸다. 자칫 마시지도 않은 찻물을 뱉어낼 뻔했다. 이현이 이숙향에게 자신을 어떻게 묘사했을지 정신이 아찔했다.

"빈도, 종남에서 금전의 출납을 맡고 있긴 합니다만……."

"안주인 맞으시네요."

"그런 것이 아니고……."

"그건 그렇고!"

필사적인 원광도장의 항변을 가차 없이 끊어버린 이숙향이 담담하게 눈을 빛내며 말했다.

"이가장에는 어찌 찾아오신 건지요?"

"…끄응!"

살짝 앓는 소리를 낸 원광도장이 쓰린 속을 참고서 이숙향을 바라봤다.

"도우께 단도직입적으로 말씀드리겠습니다. 빈도는 이현 사제를 종남으로 데려가기 위해 왔습니다."

"그렇지 않아도 현아가 종남으로 돌아가야 한다고 성화를 부리더군요."

"그랬습니까?"

"예, 그래서 제가 불효자가 되고 싶으면 그리하라고 했네요."

"예?"

"현재 제 오라버님. 그러니까 현아의 부친인 이가장주님께서는 병환 중이십니다. 꽤 오래된 병이지요."

'그래서 막내 사제가 종남을 떠난 것이로구나!'

원광도장은 오랫동안 풀리지 않던 숙제가 풀린 것 같은 기분이 되었다. 갑작스러운 이현의 출문이 어떤 연유로 이뤄진 것인지 이해할 수 있게 되었기 때문이다.

그때 이숙향이 말을 이었다.

"그래서 현재 현아는 유학 중입니다."

"유, 유학이요?"

"예, 제 오라버님과 동문수학을 한 목극연 대학사님이 계신 숭인학관에 가서 가르침을 받고 있답니다."

"무얼 가르침 받고 있는 건지 빈도가 물어도 되겠습니까?"

"당연히 학문이지요!"

"……"

원광도장은 잠시 현기증을 느꼈다. 이숙향의 태연한 말을 듣고 정신이 아득해져 왔다.

마검협 이현!

명실상부한 종남파 제일의 고수이자 출종남천하마검행이
란 무적의 비무행을 완수한 절대자. 당금 무림 중에 화산파
의 천하제일인 운검진인에게 유일하게 견줄 수 있는 대인물
이 바로 그였다.

타고난 성정이나 과격한 행동 때문에 폄하되는 일은 있어
도 무학의 성취만큼은 그를 아는 모든 자가 인정했다. 그야말
로 타고난 천하무골이자 무공천재라고 말이다.

원광도장 역시 그 같은 점에 대해 단 한 번도 의심해 본 적
이 없었다. 언젠가는 막내 사제 이현이 화산파 대신 종남파를
섬서제일의 문파로 우뚝 서게 만들어줄 거라 굳게 믿고 있었
다.

한데, 그런 이현이 다 늦은 나이에 학문을 익히기 위해 학
관에 입학을 하다니!

만약 이 같은 사실이 무림에 알려지기라도 한다면 종남파
는 세인들의 비웃음을 살 게 분명했다. 비검비선대회 자체가
아예 무산될 수도 있었고 말이다.

상상만으로도 소름이 돋는다.

몹시 추워졌다.

자신도 모르게 몸까지 가볍게 떨어 보인 원광도장이 딱딱
해진 안색으로 상체를 이숙향 쪽으로 숙이며 말했다.

"이 도우, 혹시 이 같은 말을 다른 사람한테 발설한 적이 있

으십니까?"

"도사님이 처음입니다만?"

"다행입니다! 진실로 다행입니다! 태상노군과 열조께서 우리 종남을 버리지 않으셨음입니다!"

"……."

이숙향이 이해할 수 없다는 표정으로 원광도장을 바라봤다.

사실 무리도 아니다.

무림에 대해 그녀가 아는 건 거의 이현에게 전해 들은 게 전부였다. 그 외에는 따로 알아본 종남파에 대한 세간의 평판 정도인지라 원광도장의 두려움과 공포를 이해할 수 없는 게 당연했다.

원광도장도 바보가 아니다.

이숙향의 어이없어하는 표정을 보고 곧 그녀가 무림에 대해 아는 바가 거의 없다는 걸 깨달았다.

'어떻게 설명을 해야 하는가…….'

잠시 고심한 끝에 원광도장이 다시 말문을 열었다.

"…이 도우, 현재 이현 사제는 무림 중에 명성이 무척 드높습니다. 천하에서 이현 사제보다 명성 높은 자는 열 손가락을 넘지 못할 것입니다."

"그거 좋은 건가요?"

"그, 그렇게 딱 부러지게 말하긴 힘듭니다만……."

"좋기만 한 건 아니란 거로군요?"

"…그렇습니다. 무림에서 명성이 높아진다는 건 원한을 맺은 원수나 도전자 역시 늘어난다는 뜻입니다. 그러니 명성이 높다 하여 항상 좋기만 하진 않다고 할 수 있습니다."

"그렇군요."

이숙향이 천천히 고개를 끄덕이며 다구를 집어 들었다. 뭔가 생각에 잠긴 것 같은 모습이다.

원광도장이 그 모습을 보고 아차 하는 마음이 되어 얼른 첨언했다.

"그러나 이현 사제같이 무림 중에 명성을 떨친 자는 항상 타인들에게 존중을 받게 됩니다."

"동네의 왈패들도 주먹이 센 자는 존중을 받더군요."

"그런 자들과 함께 논하기엔……."

"더 설명하지 않아도 알겠습니다!"

다시 원광도장의 말을 끊은 이숙향이 담담한 시선을 그에게 던졌다.

"도사님, 현아는 이가장의 적장자입니다. 본래 가문의 업에 따라서 국가의 동량지재가 되어야 마땅한 아이입니다. 그런데 도사님께서는 그 아이를 다시 종남파로 데려가서 무얼 시키실 작정이십니까?"

"빈도는… 빈도는……."

갑자기 말문이 막힌 원광도장은 더듬거리기만 할 뿐 어떤 말도 할 수가 없었다. 자신을 추상같이 바라보고 있는 이숙향의 눈빛에 완전히 압도당해 버리고 만 것이다.

이숙향이 미미하게 고개를 끄덕여 보였다.

"가세가 빈한해서 찬은 별로 없지만 식사를 대접해 드릴 테니 도사님께서는 이곳에서 쉬고 계십시오."

"…그러실 것까진 없습니다!"

"드시고 가세요! 그동안 현아가 많은 신세를 졌으니, 저 역시 식사 정도는 대접해 드려야 하지 않겠어요?"

"예, 그리하시지요."

결국 이숙향의 기세에 완전히 눌린 원광도장이 고개를 숙여 보였다.

이현조차 어찌하지 못했던 이숙향이다.

원광도장이라고 해서 그녀의 기세를 이길 수 있을 리가 만무했다.

*   *   *

"망했다!"

이현은 잠을 자다가 버럭 소리를 지르며 눈을 떴다.

이마로 흘러내리는 한 방울의 땀방울.

아니다.

이건 땀이 아니라 눈물이었다. 잠을 자고 있던 중에 1차 시험인 초시에서 떨어지는 꿈을 꾸고 저도 모르게 뜨거운 눈물을 쏟아내고 만 것이다.

슥! 슥!

이현은 눈가가 뜨거운 걸 느끼며 얼른 소매로 얼굴을 훔쳤다. 혹시라도 이런 나약한 모습을 누군가에게 들킬까봐 겁이 났다. 강호를 돌아다니다 칼을 몇 방 정도 맞아봤어도 눈물을 흘린 적은 없었다.

"하아! 어찌 한다……."

절로 한숨이 흘러나온다.

한 달.

아니, 이제는 이십여 일도 남지 않은 1차 시험 초시를 생각하니, 당최 잠이 오지 않는다. 사실 그래서도 안 됐다.

본래 이현이 숭인학관에 유학을 온 이유는 어디까지나 대과 준비를 위해서였다. 고모 이숙향과 한 약속대로 3차 초시까지는 무조건 합격해야만 했다.

당연히 숭인학관에서 계속 유학 생활을 유지하려면 확실한 실적을 보여야만 한다. 1차 시험 초시에 합격해서 진사나 학사 자격을 부여받는 것으로 말이다.

'…그런데 만약 1차 시험인 초시에서마저 떨어진다면 분명히 고모님은 유학을 접고 이가장으로 돌아오라고 할 거다! 다시 그 지겹고 끔찍한 생활로 돌아가는 거라구!'

싫다!

다시는 절대로 경험하고 싶지 않은 기억이었다!

본가인 이가장에서 고모 이숙향의 감시 하에 글공부만 하는 삶 말이다.

그러니 어떻게든 수를 내야만 한다.

대과의 첫 관문인 1차 시험 초시!

반드시 통과하고야 말 것이다. 설혹 그 길의 끝을 지옥의 수문장이 지키고 있다 할지라도.

그런데 어떻게 해야 하지?

또다시 답이 없는 고민에 빠진 이현이 갑자기 자리를 박차고 일어났다. 어차피 이런 건 자신과 달리 공부 머리가 훌륭한 북궁창성에게 물어보는 게 가장 빠르다는 판단을 내린 것이다.

쾅! 쾅! 쾅!

아직 새벽이 되려면 이른 시각.

문을 두드리는 소리에 잠이 깬 북궁창성이 손으로 눈을 비비고 자리에서 일어났다.

"누구십니까?"

"나다!"

'이 사형?'

눈을 몇 차례 깜빡거려서 아직 다 달아나지 않은 졸음을 쫓아낸 북궁창성이 얼른 불을 켜고 방문을 열었다.

후다닥!

그러자 신발을 벗고 방 안으로 뛰어들어 온 이현이 재빨리 북궁창성의 손을 덥석 붙잡았다.

"북궁 사제, 나 좀 도와줘야겠다!"

"말씀만 하십시오. 제가 최선을 다해 보겠습니다."

"말로만 그래선 안 돼! 꼭 날 도와줘야만 한다!"

"어찌 제가 말만 하겠습니까? 이 사형께서 그동안 제 병을 고쳐주기 위해서 계속 내공 치료를 해주신 걸 알고 있는데요."

"그랬지! 내가 북궁 사제의 절맥증을 치료해 주기 위해서 아낌없이 내공 치료를 해주고 있었지!"

"예, 그래서 제 몸이 예전보다 많이 좋아졌습니다. 이는 모두 이 사형께서 힘을 써주신 덕분이니 어떤 부탁이든 사양치 마시고 말씀해 주십시오."

진심이 담긴 북궁창성의 치하에 이현은 잠시 가슴 한구석이 뜨끔했다.

숭인학관에 입학한 이후 그는 줄곧 북궁창성을 내공으로 치료해 주고 있었다. 본신의 강력한 내공진기를 주입해서 만성독약의 영향으로 발생한 천형의 절맥증이 더 발전하지 못하게 막아낸 것이었다.

치료의 효과는 탁월했다.

근래 들어 북궁창성의 건강이 많이 회복되어, 창백하던 얼굴에 혈색이 점차 돌아오고 있었다. 이대로 치료를 계속하면 장수는 몰라도 평균적인 수명까지는 삶을 연명할 수 있을 터였다.

하지만 이현은 알고 있었다.

북궁창성이 원하는 건 단지 그런 수명의 연장 따위가 아니란 것을 말이다.

무공을 익힐 수 있는 몸으로의 재생!

당대 어떤 신의도 포기한 기적을 북궁창성은 이현의 치료를 통해 얻고자 했다. 다른 누구도 아닌 이현이 그에게 그와 같은 희망을 품게 만들었다.

그래서 이현은 조금 고민스러웠다.

북궁창성이 원하는 바를 이뤄주기 위해선 상당히 큰 위험을 감수해야만 했기 때문이다.

'그동안 지켜본 북궁 사제의 성품이라면 내가 절맥증을 완치시켜 준다면 반드시 평생에 걸쳐 은혜를 갚으려 할 것이다. 굳이 처음의 계획대로 3차 초시를 통과할 때까지 완치시켜 주는 걸 뒤로 미룰 필요는 없을 거야. 하지만 북궁 사제의 절맥증 치료를 하는 동안 새롭게 찾아낸 문제점 때문에 일이 꼬였다. 만약 이 문제점을 해결하지 않고 치료를 계속한다면 북궁 사제는 목숨을 잃어버릴지도 모른다.'

이현이 느끼는 고민의 핵심이었다.

본래 그는 북궁창성의 절맥증의 연원을 눈치챈 후 그의 치료를 자신하고 있었다. 자신의 내공으로 선대로부터 비롯된 만성독약의 기운을 불태워 버리면 자연스럽게 절맥증이 치료될 거라 여겼다.

하지만 이미 북궁창성의 절맥증은 만성독약의 영향을 벗어나서 독자적으로 발전하고 있었다. 아직 스물이 넘지 않은 그의 젊은 육체가 절맥증의 증식을 빠르게 독려했다. 만성독약의 기운으로 꼬여 버린 혈맥에 달라붙어서 악의 씨앗을 사방으로 뿌려대고 있었다.

그래서 이현은 북궁창성의 치료를 점차 망설이게 되었다.

의학.

어디까지나 독자적인 학문이다.

사람의 몸을 치료하는 것은 또 다른 영역의 세계였다.

특히 아끼게 된 사람의 목숨을 담보로 할 때는 더욱 그러했다.

죽이는 일!

그보다 어려운 일은 살리는 길이었다.

하지만 지금 이현에게 급한 건 북궁창성의 치료가 아니었다. 대과의 첫 번째 관문인 1차 시험 초시를 통과하는 것이었다.

잠시 북궁창성을 바라보며 고민에 빠져 있던 이현이 눈을 빛내며 말했다.

"그래서 말인데, 오늘부터 북궁 사제가 내 족집게 과외 선생이 되어줬으면 해!"

"족집게 과외 선생이요?"

"그래, 북궁 사제는 이번에 1차 시험 초시를 보지 않아도 되잖아?"

"부끄럽습니다. 숭인학관에 많은 인재들이 있는데 어찌 절 청양 현청에서 추천했는지 모르겠습니다."

'그러게! 날 좀 추천해 줬으면 좀 좋아!'

이현은 최소한의 양심이 있기에 속마음을 북궁창성에게 있는 그대로 드러내지 않았다. 대신 그는 이렇게 말했다.

"그러니 북궁 사제는 지금부터 내 시험 준비를 도와줘. 이 번 1차 시험 초시에 나올 만한 문장과 서책을 연구해서 나한 테 알려달라는 거야."

"그러니까 이 사형께서 말씀하시는 건, 저로 하여금 이번 초시에 나올 예상 시험 문제를 작성해 달라는 것이로군요?"

"거기에 한 가지 더!"

"……."

"모범답안도 잊지 말아야 해. 각 문제별로 북궁 사제가 생 각하는 최선의 답안을 작성해서 줘야만 해. 그럴 수 있겠어?"

이현은 평소와 달리 그윽한 눈빛으로 북궁창성을 바라보았 다. 그에게 요구하듯 말했으나 명령을 뛰어넘는 간절함을 눈 빛 속에 담뿍 담아 전달한 것이다.

잠시 고민을 하던 북궁창성이 천천히 고개를 끄덕여 보였 다.

"이 사형의 부탁을 제가 어찌 거절하겠습니까? 오늘부터 초 시가 치러질 때까지 최선을 다해서 예상 시험 문제와 모범답 안을 작성해 보도록 하겠습니다."

"고맙다!"

이현이 북궁창성의 양손을 꽉 쥐었다.

'윽!'

북궁창성이 이현의 손아귀 힘에 내심 비명을 터뜨렸다. 너무 진심이 담겨서인지 이현에게 붙잡힌 부위가 무척 아팠다. 자칫 손이 부서질 것만 같았다.

평소처럼 아침 일찍 일어나 식당으로 향하던 목연은 깜짝 놀란 표정을 지었다.

청풍채!

이현과 북궁창성이 아직 해가 뜨기도 전인데 불을 밝히고 앉아 있었다.

설마 밤을 함께했던 걸까?

성실한 북궁창성이 이현에게 나쁜 물이 들까 봐 목연은 진심으로 걱정했다. 아직까지 이현을 포기한 건 아니나, 그가 제대로 된 학사가 되리란 기대는 은연중에 접어버린 지 오래였기 때문이다.

그런데 더욱 놀라운 일이 벌어졌다.

"학여불급(學如不及) 유공실지(猶恐失之)의 뜻에 대해서 구술해 주십시오."

"배, 배움이란 도달할 수 없는 것같이 하고, 배운 것은 잃어버릴까 두려운 듯이 해야 한다… 인가?"

"맞습니다. 이 문장은 지난 30년 간 초시에 단골로 꽤 자주 나왔으니까 아예 통째로 외우시면 되겠습니다."

"그러지."

"그럼 다음으로 덕불고(德不孤) 필유린(必有隣) 린(隣) 유친야(猶親也) 덕불고립(德不孤立) 필이류응(必以類應) 고유덕자(故有德者) 필유기류종지(必有其類從之) 여거지유린야(如居之有隣也)에 대해 해석해 보십시오."

"너무 길어! 날 죽일 작정이냐?"

목연이 대신 말했다.

"덕이 있는 사람은 외롭지 아니하고, 반드시 이웃이 있다. 린은 친함과 같다. 덕은 고립되지 않아 반드시 서로 같은 부류가 응하게 된다. 그러므로 덕이 있는 자는 반드시 그 동류가 따르게 마련이니, 마치 거주함에 이웃이 있는 것과 같다."

"으헉!"

놀라서 소리친 건 이현이었다.

느닷없이 목연의 낭랑한 목소리가 문밖에서 들려오자 왠지 부끄러워졌다. 그녀에게 흡사 치부를 들킨 것만 같았다.

북궁창성은 태연했다.

"이 사형, 목 소저께서 해설하신 대로입니다. 다시 해설해 드릴까요?"

"아니."

"그럼 외우신 것으로 믿고……."

"안 외웠어!"

왠지 울컥한 기분에 북궁창성에게 버럭 소리친 이현이 책을 덮고 벌떡 일어섰다.

"아침 수업은 여기까지만 하자!"

"아직 분량이 좀 남았습니다만……."

"여기까지!"

"…예, 그러시지요."

북궁창성이 이현의 맹수처럼 변한 눈빛에 놀라 얼른 고개를 숙여 보였다.

가끔씩 느끼는 이현의 이 같은 모습.

소름이 끼칠 정도로 무섭다.

북궁세가의 어떤 무사에게도 느껴본 적이 없는 두려움을 북궁창성에게 일깨워준다.

그러거나 말거나 이현이 청풍채의 문을 열고 밖으로 뛰쳐나가며 목연에게 말했다.

"목 소저, 오늘 아침은 어떻게 됩니까?"

"삼색 나물 요리로 정신을 맑게 해주고자 합니다."

"나물을 먹고 정신이 맑아질 리가 없지 않습니까?"

"최소한 식곤증으로 오전 수업부터 집중을 못하는 몇몇 학생에게는 도움이 되지 않을까요?"

'이거 나 들으라고 하는 소린가?'

이현이 목연의 얼굴 표정을 살피고는 양손을 머리에 둘렀다.

"아하! 나물이라니! 아침부터 나물이라니! 새벽부터 열심히 공부한 것이 모두 허사로다!"

"모든 노력은 결코 헛되지 않습니다. 사람마다 조금씩 늦게 과실이 돌아올 뿐."

"그럼 점심때는 뭐가 나오나요?"

"……."

목연이 이현의 한결같은 태도에 내심 고개를 저어 보이며 다시 식당으로 걸음을 옮겼다.

새벽부터 공부하는 모습에 잠시 홀렸다.

사람이 달라질 수도 있다는 기대를 품게 된 것이다.

하지만 이현은 금세 그녀를 실망케 한다. 지금과 같은 모습으로, 조금의 기대감도 갖지 못하게 하고야 만다.

멈칫!

그런데 어째서 걸음이 멈춰진 걸까?

자신에게 의문을 표하며 고개를 돌린 목연의 입가에 어느 때보다 부드러운 미소가 머물렀다 사라졌다.

"그러니까 덕이 있는 사람은 외롭지 아니하고… 반드시, 반드시 이웃이 있다? 그리고 린은 친함과 같으니까 덕은 고립되지 않아 반드시 서로 같은 부류가 응하게 된다… 던가? 그리고 또 뭐였더라……."

"그러므로 덕이 있는 자는 반드시 그 동류가 따르게 마련이니, 마치 거주함에 이웃이 있는 것과 같다."

"…끄응!"

다시 목연에게 치부를 들킨 것 같은 표정이 된 이현이 애꿎은 머리를 벅벅 긁어댔다.

오늘.

아침부터 이상하게 되는 일이 없는 것 같다.

*   *   *

성원장.

성원장주이자 청양제일의 실권자인 금산 성상경은 근래 살이 쭉쭉 빠지는 느낌이었다.

이유는 자명하다.

근래 청양에서 벌어진 대화재!

다름 아닌 유현장주 유성룡의 사주를 받은 성상경과 철목령주가 벌인 일이었다.

청양 이곳저곳에 고의적인 화재를 일으킨 후 그 혼란을 틈타 흑랑방을 제거하는 작업을 벌였다.

유성룡의 둘째 아들을 흑랑방이 납치한 것이 도화선이 되었다.

그 후 유현장을 지키던 성원장의 무사들을 공격한 원흉이 흑랑방주 위무진이란 확신이 들게 되자 더 이상 참을 수 없었다. 항상 눈엣가시 같았던 흑랑방을 완전히 제거할 때가 왔다는 판단을 내리게 된 것이다.

하지만 성상경이 재가한 건 흑랑방을 치고, 흑랑방주 위무진을 제거하는 것까지였다.

성원장의 근거지라 할 수 있는 청양 일대에 화재를 일으킨 건 결코 그의 본의가 아니었다.

사실 그럴 만한 이유도 없었다.

그렇다.

사실 청양 대화재의 책임자는 철목령주였다.

성원장의 주력 무사들과 함께 흑랑방을 치러 떠난 그가 독단적으로 청양 일대에 화재를 일으켰던 것이다. 갑자기 좋은 생각이 떠올랐다면서 말이다.

덕분에 성상경은 근래 무척이나 바쁜 나날을 보내야만 했다.

대화재와 성원장이 아무런 관련이 없도록 조작하기 위해 그는 엄청난 뇌물을 청양 현청을 비롯한 관부에 뿌렸다.

혹시라도 성원장이 관련된 소문이 돌까 봐 주변 상계와 군소문파, 유력인사들에게도 빠짐없이 인사에 들어갔다.

어떠한 일이 있어도 절대 이 같은 대형 참사에 성원장의 이름이 오르내려선 안 된다. 어떻게 쌓아 올린 성원장의 신의이고 명예인데, 이런 곳에서 쓸데없이 똥칠을 할 이유는 없었다.
그렇게 되어야만 했다.

한데, 갑자기 엉뚱한 곳에서 신경 쓰이는 일이 발생했다.

숭인학관!

전대 학관주였던 대학사 목극연이 죽은 후 급격히 세가 기운 학관이다. 본래 가지고 있던 사업권 중 상당수를 성원장에서 인수하기도 했다.

당연히 그 후 크게 신경 쓰지 않고 내버려 두었다.

알아서 도태될 거라 여긴 것이다.

그런데 이 숭인학관이 대화재를 계기로 새롭게 청양에서 떠오르게 되었다.

새롭게 학관의 주인이 된 학사 목연이 이끄는 한 떼의 학사와 학생들은 놀랍게도 단숨에 청양 재건의 중심이 된 것이다.

청양 현청에 모여든 채 우왕좌왕 하고 있던 사람들을 한데 모아서 재건 사업을 정확하게 분배하고, 연계시키는 가교 역할을 톡톡히 하는 걸로 말이다.

게다가 그들이 집중한 건 민생이었다.

청양에서 특히 소외되어 있던 계층을 먼저 챙기고 나서서 그들을 구호하고 재건을 도왔다. 상류층과 유력 인사들에게 힘을 쏟았던 성원장과는 완전히 다른 행보라 할 수 있었다.

그리고 청양의 민심은 전자 쪽에 손을 들어줬다.

압도적으로 말이다!

'끄응! 내가 그동안 청양 화재 사건을 무마하기 위해 수천 금의 자금을 쏟아부었거늘 어찌 이런 일이 발생할 수 있단 말인가!'

성상경의 별호는 금산!

금으로 만들어진 산이란 뜻이다.

상계에서 잔뼈가 굵은 그가 민심의 흐름과 변화에 신경이 쓰이는 건 자명한 사실이었다. 물건을 하나 사고, 파는 것에도 민심의 흐름은 엄청난 위력을 발휘하기 때문이다.

하지만 그가 이번에 간과한 사실이 있었다. 민생에 직접적인 타격이 발생했을 때에도 상류층과 유력 인사가 항상 여론을 선도할 것이란 착각이었다.

그때 근래 평소의 몇 곱절쯤 뻣뻣해진 뒷목을 손으로 누르고 있던 성상경의 얼굴이 더욱 찌푸려졌다. 이번 일의 원흉이라 할 수 있는 자를 떠올린 것과 동시의 일이었다.

'그건 그렇고 철목령주는 도대체 언제 신마맹으로 돌아가려는 건지 모르겠구나! 얼마 전에 애꿎은 유현장의 이공자는 폐인으로 만들어 놓고, 그 후 두문불출(杜門不出)을 하고 있으니, 실로 알다가도 모를 인사가 아닌가 말야?'

흑랑방을 몰살시킬 때 구출해 온 유현장의 이공자 유정상.

그는 짧은 사이 앵속에 중독되어서 극단적일 만큼 쇠약해져 있었다. 오랫동안 조심스럽게 요양을 시켜도 향후 정상적인 삶을 살 수 있을지 없을지 모를 정도였다.

한데, 그런 그를 철목령주는 단독으로 심문해서 완전히 구제불능의 폐인으로 만들어 놓았다. 백치가 돼서 똥, 오줌도 가리지 못하는 꼴이 되어버린 것이다.

그게 성상경은 못마땅했다.

유현장이나 유정상이 걱정돼서가 아니라 이런 일을 벌려놓고 나 몰라라 하는 철목령주가 얄미웠기 때문이다.

어찌 됐든 그래도 성상경에게 있어서 신마맹은 정말 중요한 고객이었다. 갑과 을의 관계가 뚜렷했다. 물론 그가 후자 쪽이었고 말이다.

그때 그의 집무실로 오른팔이라 할 수 있는 총관 구송이 들어왔다.

"장주님, 상천(上天)에서 비밀 서신이 도착했습니다."

"상천에서?"

"예."

구송이 조용히 대답한 후 단단히 밀봉되어 있는 붉은색 서신을 성상경에게 전달했다.

상천.

신마맹을 성원장에서 일컫는 말이다. 신마맹에서 뜬금없이 철목령주가 아니라 성상경에게 밀지를 보내온 것이다.

이런 일은 처음이었다.

긴장이 되지 않을 수 없다.

성상경이 조심스레 밀지를 뜯어서 안의 내용물을 확인하고 눈살을 가볍게 찌푸려 보였다. 왠지 굉장히 복잡하고 골치 아픈 일에 낀 처지가 된 것 같았다. 내부 권력투쟁같이 절대 상인은 가까이해선 안 될 일에 말이다.

'그래서 그 괴물이 근래 제 방에 처박혀서 시간만 보내고 있었던 것인가? 그건 그렇고 이걸 어찌 처리해야 하는가? 일단 괴물의 눈치라도 보고 와 볼까?'

내심 고심하며 염두를 굴린 성상경이 구송을 향해 말했다.

"상천의 귀인은 여전히 송월각에 계신가?"

"예, 밖으로는 한 발짝도 나서지 않고 계십니다."

"그렇군. 자네는 이만 나가보게나."

"예."

구송이 고개를 숙여 보이고 나갔다.

이제 성상경이 직접 움직일 차례였다. 상인의 예민한 감각을 적극적으로 활용해서 골치 아픈 신마맹의 권력투쟁으로부터 안전하게 벗어날 방법을 모색해야만 하는 것이다.

"무슨 일로 찾아온 것이냐?"

차가운 철목령주의 박대에 가까운 말에 성상경이 정중하게 고개를 숙여 보였다.

"근래 적조했던 것 같아서 문안 인사차 들렀습니다."

"우리가 문안 인사를 주고받을 사이였던가?"

"철목령주님께서 농담도 잘하십니다. 제가 신마맹의 귀인이신 철목령주님께 문안 인사를 올리는 건 지극히 당연한 일이지요."

웃는 얼굴에 침 못 뱉는다고 했다.

계속되는 박대에도 계속 웃는 낯으로 자신을 굽히는 성상경을 향해 철목령주가 고개를 까닥여 보였다. 자신의 앞에 와서 앉으라는 무언의 신호였다.

성상경이 얼른 그리했다.

"그럼 실례하겠습니다."

"실례하던가."

철목령주 앞에 단정히 앉은 성상경이 잠시 눈치를 살피다가 품에서 신마맹의 밀지를 꺼내 들었다.

"실은 신마맹에서 금일 서신 한 통을 전달받았습니다."

"신마맹에서?"

"예, 이게 바로 그 서신입니다."

성상경이 밀지를 절반쯤 철목령주에게 내밀었다. 바로 갖다

바치진 않겠다는 뜻을 은연중 내보인 것이다.

꿈틀.

철목령주의 눈가에 미세한 경련이 스쳐 갔다.

무림의 초고수!

그 이전에 그는 백전을 치르고도 아직까지 살아 있는 노강호였다. 성상경이 오늘 자신에게 온 신마맹의 밀지를 가지고 찾아온 이유를 모를 리 만무했다.

'그러면서도 곧바로 내게 신마맹의 밀지를 바치지 않겠다는 건 뭔가 대가를 원하는 것일 테지?'

빠르게 성상경의 내심을 읽어낸 철목령주가 손을 들어 보였다.

"신마맹에서 자네한테 보낸 밀지를 굳이 노부에게 내보일 필요는 없다!"

"서신의 내용이 궁금하지 않으시다는 뜻입니까?"

"노부가 왜 궁금할 거라 생각한 것이냐?"

"그, 그건……."

"그 안에 노부가 궁금해쯔할 만한 내용이 담겨 있다는 뜻이렸다?"

'…귀신!'

성상경이 단숨에 자신의 의도를 간파한 철목령주를 살짝 질린 표정으로 바라봤다.

하지만 그 역시 상계에서 닳고 닳은 자.

곧 평상시처럼 속을 읽기 힘든 표정을 지어 보인 성상경이 천천히 고개를 끄덕여 보였다.

"과연 철목령주님이십니다! 당당한 그 자세, 진정 천하의 영웅호걸이라 자부하실 만한 기상이십니다! 그럼 저는 이만 물러가 보도록 하겠습니다! 좋은 시간 보내시길……."

'곧바로 물러가겠다? 처음부터 날 찾아온 건 후일 책임을 지지 않기 위한 요식행위였다는 뜻이로군!'

얼른 자신의 방에서 물러가는 성상경을 바라보는 철목령주의 눈매가 가늘어졌다.

성상경의 속내가 무언지 간파했기 때문이다.

하나 그가 신경 쓰이는 건 성상경의 얄팍한 속내가 아니었다. 그에게 밀지를 보낸 신마맹 최상층부의 진정한 의중!

어쩌면 숭인학관에서 만났던 이현과 관련 있을지도 모르는 모종의 음모가 신경 쓰였다. 신마맹에 속해 있긴 하지만 항상 제멋대로 행동해 온 터라, 최상층부에서 자신을 눈엣가시처럼 여기는 자가 있음은 익히 알고 있었다.

이번 일 역시 마찬가지다.

그는 이현에게 흥미가 생겨서 본래의 임무와는 별도로 성원장의 일에 너무 깊이 개입했다.

특히 숭인학관과 관계된 일이 백미였다.

천하제일세가 서패 북궁세가!

그곳의 자손이 숭인학관에 학생으로 있다는 첩보를 입수한 신마맹은 곧바로 철목령주에게 개입하지 말라고 명령했다. 혹시라도 북궁세가와 분쟁이라도 벌어지면 은밀하게 무림에 암약하고 있는 신마맹의 꼬리가 붙잡힐 위험성이 있다는 판단이었다.

그러나 너무 늦었다.

이미 철목령주는 숭인학관에서 북궁창성을 은밀히 호위하던 잠영쌍위의 첫째 은야검을 공격해 부상을 입혔다. 사실 굉장히 완화된 표현이었다. 중간에 이현이 끼어들지 않았다면 은야검은 확실하게 목숨을 잃었을 테니 말이다.

당연히 뒤늦게 신마맹의 불개입 명령을 접한 철목령주로서는 기분이 찝찝하지 않을 수 없었다. 애초부터 이현의 정체를 의심했는데, 곧바로 신마맹에서 명령까지 받고 보니 신경이 곤두섰다.

함정에 빠졌다는 생각 때문이다.

본래부터 자신을 못마땅하게 여겼던 신마맹 최상층부의 치밀한 의도대로 말이다.

그래서 그는 근래 계속 신마맹의 복귀 명령을 거부한 채 성원장에서 시간을 보내고 있었다. 신마맹에 돌아갔다가 자칫 꼬리를 자른다는 명목으로 제거당할 수 있다는 위기감의 발로였다.

그리고 오늘 성상경이 찾아왔다.

第七章

한 자루 장창과 함께
무쌍난무(無雙亂舞)!

    자신을 배제한 채 성상경에게 전달된 밀지!

    그 안에 담긴 내용은 굳이 길게 생각할 것도 없이 뻔했다. 신마맹에서 철목령주를 버렸다는 사실을 성원장에 천명했음이 분명했다.

    '곧 내 목을 가져가기 위해서 신마맹에서 추살대가 청양으로 몰려오겠군! 아니, 그전에 너구리 같은 성원장주 녀석이 날 독살하는 것부터 걱정해야 하려나?'

    일이 참 더럽게 꼬였다.

    하필이면 북궁세가의 자제가 숭인학관의 학생으로 있을 줄 어찌 알았겠는가? 하긴 그 같은 사실을 미리 알았다 하더라도 자신의 선택은 똑같았을 테지만!

탁!

철목령주는 신마맹주에게 보낼 서신을 쓰려고 끄집어내 놓았던 지필묵을 내동댕이쳤다.

성질이 뻗쳤다.

언제부터 천하를 오시하며 세외에서 독행강호(獨行江湖)하던 자신이 남의 눈치나 보면서 살아왔던가?

설사 무적의 고수라 할 수 있는 신마맹주가 직접 온다고 할지라도 고개를 숙이고 싶진 않았다. 적어도 숭인학관에서 만났던 이현과 다시 승부를 결하기 전에는 말이다.

타탁! 탁!

그때 갑자기 무언가 타는 듯한 소리와 함께 방 안이 뜨거워지기 시작했다.

'성원장주, 이놈이 감히 날 태워 죽이려는 것인가!'

조금 새롭다.

음식에 독을 타거나, 밤중에 자고 있을 때 기습을 하는 정도를 예상했는데 말이다.

어쨌든 이건 정말 바보 같은 짓이다.

마치 우는 애 뺨을 때리는 짓이나 다름없었다.

쾅!

순간적으로 밀종대수인을 펼쳐서 방문을 박살낸 철목령주가 냉큼 밖으로 나섰다.

이미 마음을 결정했다.

밖에 나가자마자 눈에 보이는 모든 자를 죽여 버리겠다고.

한데, 살기를 담뿍 일으킨 채 밖으로 나온 철목령주의 안색이 가볍게 변했다.

'이것들이 무슨 짓을 하려는 것이지?'

철목령주가 의아한 생각에 빠진 것도 무리는 아니다.

그가 거처로 삼고 있던 송월각의 앞.

조금 전 헤어졌던 성상경이 장읍을 한 채 홀로 서 있었다. 어찌 보면 인생사에 초탈한 것처럼 보이기도 한다. 아니면 죽고 싶어서 환장했거나.

철목령주가 어느새 절반 이상 불이 붙은 송월각을 한차례 곁눈질한 후 말했다.

"무슨 생각으로 이런 짓을 벌인 것이냐?"

"존경하는 철목령주님께 마지막 예의를 지키고 싶었을 뿐입니다."

"마지막 예의?"

"철목령주님께서는 신마맹에서 보내온 서신을 보지 않으시겠다고 하셨습니다. 그러니 소인에겐 단 한 가지 길밖엔 남지 않게 되었지 않겠습니까?"

"날 죽이는 것일 테지?"

"그렇습니다. 하지만 철목령주님께서도 아시다시피 소인은 상인입니다. 어찌 철목령주님 같은 영웅에게 손톱 끝만큼이나마 위해를 가할 수 있겠습니까?"

"흥! 신마맹주도 그것을 기대하고 네게 밀지를 보낸 건 아닐 것이다. 잠시만 시간을 벌어주면 된다고 생각했겠지."

"바로 그렇습니다. 그래서 소인, 이렇게 철목령주님께 마지막 예의를 갖출 수밖에 없었습니다."

"날 공격하는 척만 하겠다는 것이냐?"

"그런 식으로 신마맹의 이목을 속일 수 있겠습니까?"

"그럼 어찌하겠다는 것이냐?"

"지금 이 순간부터 본장의 모든 무력을 총동원해서 철목령주님을 공격할 것입니다. 북쪽 방면의 대문만 제외하고 말입니다."

"……."

철목령주는 새삼스러운 표정으로 성상경을 바라봤다. 그가 이렇게까지 탁월한 상황 판단력을 지니고 있을 줄은 몰랐기 때문이다.

그럼 이제 철목령주가 화답할 차례였다.

"병력의 3할을 북쪽 대문 쪽으로 돌려놓아라!"

"그래도 되겠습니까?"

"네놈이 감히 노부를 무시하려는 것이냐?"

"어찌 감히 그 같은 생각을 하겠습니까? 바로 그렇게 하겠습니다!"

'표정을 보아하니 처음부터 그리할 작정이었군. 적으로 돌리면 상당히 골치 아파질 놈이 아닌가?'

내심 성상경의 의도를 파악하고 고개를 가볍게 흔들어 보인 철목령주가 슬쩍 하늘을 올려다보았다.

숭인학관이 있는 방면!

전날 그곳에서 만난 이현이 생각난다.

아쉬웠다.

그와 당시에 확실하게 승부를 결착내지 못한 것이 말이다.

'허허, 나도 늙었는가! 지금 당장 죽을 것처럼 약한 생각이나 하고 있으니 말야!'

내심 웃음을 보인 철목령주가 성상경을 향해 손을 휘휘 흔들어 보였다.

당장 꺼지란 뜻!

성상경이 냉큼 그의 뜻에 따랐다.

"불이다!"

"불?"

"예, 둘째 형님, 성원장 쪽에서 연기가 폴폴거리며 솟아오르고 있는데요?"

"이번에는 성원장에서 불이 났단 말이냐?"

용호권 운호가 팔비수 호평에게 지긋지긋하다는 표정을 지어 보였다.

그들은 개방 청양 분타의 대표 고수들인 풍운삼개!

며칠 전부터 풍운삼개의 대형인 장팔사모 장오의 명에 따라 조심스럽게 성원장을 감시하고 있었다. 다른 청양 분타의 개방 거지들에 비해 월등히 무공이 뛰어난 그들에게 가장 위험한 임무를 맡긴 것이다.

그래도 두 사람의 불만은 꽤 컸다.

대형 장오가 성원장을 감시하는 이유를 제대로 설명해 주지 않았기 때문이다.

호평이 말했다.

"둘째 형님, 바로 대형한테 보고를 올릴까요?"

"일단 무슨 일이 벌어졌는지 확인해 보고 알려도 알려야 하지 않겠느냐? 혹시 그냥 평범한 화재일 뿐이면 괜스레 대형이 헛걸음만 하게 하는 꼴이 되지 않겠느냐?"

"그건 그렇습니다만……."

"왜?"

"…대형께서 말씀하시길 성원장에 관한 사항은 아무리 작은 변화라도 반드시 직접 알리라고 하셨지 않습니까?"

"누가 대형께 알리지 말라고 했더냐? 그냥 확실한 정황을 알아보고 알리자는 거지. 왜? 내 말이 틀린 것 같냐?"

운호가 살짝 기분 나쁜 표정을 지어 보이자 호평이 얼른 꼬리를 말았다. 근래 그가 대형 장오에게 불만이 좀 많이 쌓였다는 걸 알고 있었기 때문이다.

"아닙니다! 둘째 형님의 말씀이 옳습니다!"

"좋아. 그럼 함께 성원장 쪽으로 침투하도록 하자!"

"예……."

호평이 대답을 하면서도 얼굴빛이 살짝 어두워졌다. 왠지 기분이 내키지 않았다. 뭔가 잘못된 선택을 한 것 같이 말이다.

그러나 운호 역시 호평에게 형이었다.

그가 가자고 하면 설혹 그 길이 죽음을 향한다 해도 따르지 않을 수 없었다. 결의형제를 맺을 때 분명히 그렇게 맹세를 했다.

퍽! 퍼퍽!

철목령주는 앞을 가로막고 서 있던 살무대의 무사 다섯 명을 한꺼번에 쓸어버렸다.

일수삼첩장!

한 번 손을 쓰자 세 개의 장력이 중첩되어 위력을 배가시킨다. 그리고 그 장력에 휘말려든 자는 순식간에 내장이 파열되어 입에서 피를 토하고 만다.

여태까지 단 한 번의 예외는 없었다.

바로 지금 이 순간까지는.

"크헉!"

"흐헉!"

"크어어……."

철목령주의 일수삼첩장에 얻어맞은 살무대 무사들은 연신 비명을 토해내며 바닥을 나뒹굴었다. 비명과 함께 연신 토악질을 해대는데, 거의 전날 먹은 음식물까지 싹 쏟아내고 있었다.

단지 그뿐이었다.

그들 중 누구도 오장육부가 파열되어 피를 미친 듯이 뿜어내지 않았다. 지독한 고통으로 인해 비명을 터뜨리고 있을 뿐 목숨을 잃어버린 사람 역시 없었다.

철목령주가 차갑게 말했다.

"그래도 잠시나마 노부를 따라다닌 인연을 생각해서 목숨만은 살려주도록 하마! 그래도 노부의 일수삼첩장에 얻어맞았으니 적어도 7주야는 꼼짝 않고 방에 틀어박혀서 요양해야만 할 것이다!"

"······."

고맙다는 대답은 들려오지 않았다.

그냥 그를 가로막았던 마지막 살무대 무사들은 자신들이
토해낸 토사물 위를 계속 굴러다닐 뿐이었다. 마치 그렇게라
도 하지 않으면 죽기라도 하는 것처럼 말이다.

그런 살무대 무사들에게서 갑자기 철목령주가 시선을 거둬
들였다.

그리고 그와 동시였다.

쇄액!

쇄에애애애애액! 쇄애애애애액!

대기를 뒤흔드는 날카로운 파공성과 함께 철목령주를 노리
고 수십 발이 넘는 화살이 날아들었다.

게다가 평범한 화살이 아니다.

각궁시!

물소 뿔로 된 각궁에서 발사된 화살로, 한 자 두께의 철판
조차 단숨에 꿰뚫어버릴 수 있는 위력이 담겨 있다. 온몸을
무쇠처럼 단련한 외가무공의 고수라 해도 견뎌낼 수 없는 화
살들이 한꺼번에 수십 발이나 철목령주를 노리며 날아든 것
이다.

그러자 순간적으로 신형을 공중으로 띄어 올린 철목령주!

그의 발끝을 스치듯 화살들이 떨어져 내렸다.

간발의 차로 화살꽂이가 되는 걸 피해낸 것이다.

하지만 그건 시작에 불과했다.

쐐액!

쐐애애애애애액! 쐐애애애애애액!

마치 기다리고 있었다는 듯 다시 화살들이 공중으로 뛰어오른 철목령주를 노렸다.

이번에는 천지사방! 동시다발적!

공중으로 뛰어오른 철목령주가 움직일 수 있는 모든 방향을 차단한 채 날아든다. 처음부터 이런 상황을 가정하고 있었음이 분명한 2차 공격이었다.

그러나 철목령주는 당황하지 않았다.

"건방진."

순간적으로 차가운 일성을 발한 그의 수장이 다시 예의 일수삼첩장을 펼쳐 냈다.

이번에는 제대로다.

한 푼의 망설임도 없이 일수삼첩장의 장력을 화살을 향해 쏟아냈다.

투타타타타탕!

화살들이 튕겨져 날아간다. 철판조차 간단히 꿰뚫는 파괴력을 지닌 각궁시들이 흡사 수수깡으로 만들어진 것처럼 꺾이고, 부러진 채 사방으로 흩어졌다.

스으— 팟!

그리고 그 사이로 빠르게 신형을 날려가는 철목령주!

하늘에서 떨어져 내린 그는 빠르게 가속을 함으로써 각궁시의 공격을 순식간에 무력화시켰다. 화살로 만들어졌던 촘촘한 천라지망을 단숨에 무너뜨려 버린 것이다.

그러자 속속 모습을 드러낸 궁수대!

위아래 흑의 일색.

손에 들린 최상급의 각궁.

각기 다른 곳에서 뛰어나왔음에도 순식간에 체계를 잡는 모습은 그야말로 정예병의 그것이라 할 만하다. 중원의 어떤 무림 방파에서도 보기 드문 일사불란함이 느껴지는 모습이기도 하다.

신마맹 소속 마궁철기대!

신마맹주 직속의 3대 무력 부대 중 하나로 보통은 일개인이 아니라 하나의 방파를 세상에서 지워 버릴 때 움직이곤 한다. 그만큼 엄청난 파괴력을 지녔기에 쉽사리 신마맹을 떠나지 않는 특수 부대라고 할 수 있었다.

그런 마궁철기대가 움직였다.

일개인이라 할 수 있는 철목령주를 제거하기 위해서.

당연히 목격자가 존재해선 곤란했다.

그때 오와 열을 맞춰서 도열해 있는 마궁철기대 사이에서 그들을 이끄는 대주 신궁령주가 모습을 드러냈다.

마궁철기대와 똑같은 검은색 일색의 무복.

6척이 조금 안 되어 보이는 당당한 체구.

얼굴은 네모지고, 눈빛은 강철을 닮았다.

전체적으로 강직하고 진한 남성미가 느껴지는 얼굴을 한 신궁령주가 잠시 눈살을 찌푸렸다가 차가운 목소리로 명령했다.

"사냥은 지금부터 시작이다! 생각보다 사냥이 길어질 수 있으니 일대에 대한 청소에 들어간다!"

"존명!"

복명과 함께 마궁철기대가 그때까지도 고통스러운 신음을 토해내고 있던 살무대의 생존자들을 모조리 죽였다.

죽은 자는 말이 없다!

그것이야말로 마궁철기대가 궁극적으로 바라는 청소의 가장 바람직한 모습이었다.

그리고 거기에는 절대로 예외가 존재할 수 없었다.

단 하나도.

*　　　　　　*　　　　　　*

"끄으으……."

"크흐흑, 둘째 형님, 조금만 참으십시오! 절대 이대로 돌아가시면 안 됩니다!"

호평은 운호를 등에 업고 달리면서 연신 눈물을 흘렸다. 점차 운호의 입에서 흘러나오고 있는 신음의 강도가 약해져 가고 있었기 때문이다.

일각도 지나지 않았을 때였다.

호평과 운호 두 사람은 불이 난 성원장을 탐문하러 갔다가 끔찍한 대학살극을 목격했다.

성원장 곳곳에 널브러져 있는 시체들!

대충 계산해 봐도 백수십 명이 넘는 자들이 한꺼번에 화살에 맞아서 죽어 있었다.

그렇다면 성원장은?

그곳 역시 상황은 끔찍했다.

처음에는 그저 연기나 모락모락 일어나고 있었던 불길이 어느새 성원장 전각 전체를 에워싸고 있었다. 모든 면에서 청양제일로 손꼽히던 성원장의 고루거각 수십 채가 순식간에 거대한 화마(火魔)에 휩싸여 활활 불타오르고 있었다.

당연히 이는 자연적인 재해가 아니었다.

극도로 인위적인 재해!

즉, 누군가 고의로 성원장을 공격해서 사람들을 죽이고, 건물 전체에 불을 붙인 것이 분명했다. 전날 흑랑방을 중심으로 청양 일대가 대화재에 휩싸였던 때와 마찬가지로 말이다.

그러니 이제 결정을 내려야 할 때였다.

불바다가 된 성원장에 뛰어들어 가 사람들을 구하거나 개방 청양 분타로 달려가 사람들의 도움을 청하거나.

운호는 두 가지를 결합했다.

동생인 호평은 개방 청양 분타로 보내고 자신은 성원장에 뛰어들어 최대한 사람들을 구할 작정이었다.

그러나 그때 한 발의 화살이 날아와 운호의 가슴을 꿰뚫었다. 성원장 사람들을 몰살시킨 것과 동일한 화살에 운호까지 당해 버린 것이다.

호평이 울면서 소리쳤다.

"둘째 형님, 이대로 돌아가시면 대형한테 그동안 뒷담화한 거 다 까발릴 겁니다! 그리고 명월루의 애향이한테도 달려가서 둘째 형님이 마음에 두고 있었던 걸 털어놓을 거예요!"

"…쿨럭! 너, 이 새끼 죽여 버린다!"

"아직 살아 있었습니까?"

"안 죽었다! 나 아직 안 죽었으니까… 절대 그딴 짓은 할 생각 말아라!"

"알았으니까 죽지만 마요! 죽으면 반드시 내가 풍운삼개의 명예를 걸고… 커헉!"

눈물과 콧물로 범벅이 된 얼굴로 열심히 운호에게 떠들던 호평이 비명과 함께 쓰러졌다. 달리던 서슬 그대로 땅바닥에 얼굴을 파묻고 만 것이다.

그런 중에도 호평의 두 손은 운호의 양다리를 놓지 않았다.

절반쯤 의식을 잃고 있던 운호가 호평의 몸을 더듬으며 울부짖었다. 그의 목 부근에서 핏물이 쿨렁쿨렁 솟구치고 있었다. 날아온 화살이 스쳐 가며 경동맥을 찢어놓은 게 분명하다.

"크흐흐흑! 호평아! 호평아! 자, 잠시만 기다려라! 내가 구해주마! 절대로 내가 구해줄 거다!"

"……"

호평은 말이 없었다.

순간적으로 피를 너무 많이 쏟아내서 의식을 잃어버린 것이다.

그때, 울부짖으면서도 어떻게든 호평의 목 부근 출혈을 막으려 노력하던 운호의 손이 강하게 뿌리쳐졌다. 기묘한 경력이 날아들어 쭈욱 뒤로 밀어내 버렸다.

"으헉!"

그리고 담담하나 강한 기운이 담긴 한마디!

"운호 형, 찌질하게 울지 마쇼!"

'이, 이 목소리는⋯⋯.'

"호평 형은 내가 살려놓을 테니까 내력이나 운기하고 있으란 말요!"

'⋯숭인학관의 악무산?'

운호가 눈물 콧물로 범벅된 더러운 얼굴을 들어 주변을 이리저리 살피다 동공이 크게 확장되었다.

스스스스슥!

저 멀리, 흐릿한 그림자를 남기며 다가드는 익숙한 그림자!

근래 이현의 명에 의해 개방 청양 분타를 종종 드나들던 악영인이었다. 그와 풍운삼개는 죽이 맞아서 종종 술판을 벌이곤 했는데, 어느새 서로 간에 호형호제하는 사이로 발전해 있었다.

하지만 운호에게 있어서 악영인은 여전히 숭인학관의 학생 악무산이었다. 술자리 갖기를 좋아하고, 성격이 털털하며, 얼굴은 예쁘장한 어린 학생 말이다.

당연히 그가 관외 지역의 전신이라 불리는 혈사대 대주 파천폭풍참 악영인이란 사실을 알지 못했다. 전혀 짐작조차 하지 못하고 있었다. 말투나 행동으로 섬서성 출신이 아니라는 정도만 알 뿐이었다.

그러니 그의 악가비천행을 보고 깜짝 놀랄 수밖에 없다.

또 하나!

그가 저렇게 엄청나게 멀리 떨어진 장소에서 자신의 손을 호평에게서 떼어냈다는 것이 놀라웠다. 그와 동시에 바로 옆에서 속삭이듯 말을 전한 것도 함께.

운호로서는 상상조차 할 수 없을 정도의 고수!

결론은 그렇게 도출된다.

짧은 순간 만감이 교차할 수밖에 없는 운호였다.

그러거나 말거나 악가비천행을 전력으로 펼쳐서 단숨에 두 거지 앞에 도달한 악영인이 곧바로 호평에게 손을 썼다.

팟! 파파파팟!

손가락 끝에 충분한 진기를 담아서 호평의 목 부근을 때린다. 상승의 독문점혈법으로 경동맥 부근을 막아서 일단 출혈을 줄이려는 의도였다.

당연히 경동맥에 입은 상처가 그리 쉽사리 고쳐지진 않는다.

다른 곳의 상처와 달리 경동맥에 상처를 입으면 분수처럼 핏물이 솟구쳐 오르기 때문이다. 그만큼 강한 압력을 막기 위해선 간단한 처방으로는 어림도 없다.

다행히 악영인은 전장에서 잔뼈가 굵은 사람이었다.

이런 화살에 의한 상처는 무수히 많이 봐왔다.

거의 일상에 가까웠다.

점혈과 동시에 그는 품에서 금창약을 꺼내서 상처 부위에 담뿍 바르고, 소매를 찢어서 목 부근을 단단하게 묶어서 압박했다. 그리고 운호의 상처 부위 역시 점혈을 해주고 자연스럽게 명령을 내렸다.

"운호 형, 호평 형의 상처 부위를 꽉 누르고 있어! 형의 양손에 호평 형의 생사가 걸려 있다는 마음으로 절대 떼어선 안 돼!"

"아, 알겠다. 그런데……."

운호가 대답과 동시에 악영인에게 질문을 던지려다 입을 가볍게 벌렸다.

슥!

그때 이미 두 사람에게서 떨어져 나온 악영인!

그의 손에는 어느새 한 자루 장창이 들려져 있었다. 도대체 어디에 저 길고 눈에 띄는 장병기를 숨기고 있었던 것일까?

그 같은 의문은 떠오르자마자 사라졌다.

투탕!

타타타타탕! 티앙!

악영인의 장창이 종횡하자 주변으로 날아들던 화살들이 사방으로 날아갔다.

족히 수십 발이 넘는 숫자!

악영인은 대수롭지 않게 쓸어버렸다. 전장에서 이런 유형의 경험은 일상다반사라 할 수 있었다. 전혀 특별할 것이 없었다.

당연히 대처법 역시 잘 안다.

디리리리리!

순간 악영인의 장창이 가벼운 진동을 일으키자 그가 쓸어버린 화살들이 마치 지남철에 딸려오는 쇠붙이처럼 돌아왔다. 그리고 한차례 회전을 보인 장창!

투탕!

투타타타타타타타탕!

악영인이 일으킨 장창의 회전을 따라 움직이던 화살들이 각자 날아왔던 방향으로 날아갔다. 맨 처음 하늘을 가르며 날아들 때와 거의 비슷한 위력을 함유한 채로 말이다.

그러자 순간적으로 일어난 공백 상태!

그 찰나의 여유를 헛되이 보낼 악영인이 아니다.

스으— 팟!

그의 신형이 자신이 되돌려 보낸 화살 중 한쪽을 노리며 쏜살같이 날아올랐다. 사방으로 돌려보낸 화살 중 미세하나마 비명이 들려온 곳을 노리고 반격에 들어간 것이다.

"크악!"

"으악!"

"으아아악!"

악영인의 선택은 옳았다.

그가 순간적으로 공간을 좁히며 날아간 방향에는 일단의 검은색 복장의 궁수들이 숨어 있었다. 굳이 길게 생각할 필요도 없이 운호와 호평을 여태껏 저격한 자들이 분명하다.

그러니 악영인도 손에 사정을 둘 이유는 없다.

차랑!

스파파파파팟!

맨 처음 몸을 관통해 죽인 궁수들을 뒤로하고 악영인이 자신의 장창과 하나가 되어 무쌍난무를 펼쳤다. 족히 수십 명이 넘는 궁수들을 한꺼번에 몰살시켜 버린 것이다. 다시는 자신과 다른 사람들에게 숨어서 저격 따윌 할 수 없게 말이다.

순식간에 잿더미로 변한 성원장!

그 안에 있던 모든 자들을 단 한 명도 남기지 않고 몰살시킨 마궁철기대 대주 신궁령주의 배후로 그림자 하나가 떨어져 내렸다.

그의 심복 중 하나인 일궁(一弓)이다.

"신궁령주님, 문제가 발생했습니다."

"말하라."

"성원장 일대에 대한 청소 작업을 진행하던 중 마궁철기대 3조가 쫓던 자들을 놓쳤습니다."

"3조에게 문제가 발생했겠군?"

"몰살당했습니다."

"몰살?"

"예. 속하가 보고를 받고 찾아갔을 때 살아남은 자는 단 한 명도 없었습니다."

"3조가 추격하고 있던 놈들이 개방의 거지들이라고 했던 가?"

"그렇습니다. 하지만 3조를 몰살시킨 자는 개방과는 관계가 없다고 사료됩니다."

"그 같은 판단을 내린 이유는?"

"3조를 몰살시킨 게 단 한 명의 무림 고수였기 때문입니다."

"단 한 명?"

처음으로 신궁령주가 불타고 있는 성원장 쪽에서 시선을 떼어냈다. 그만큼 일궁이 전한 말이 큰 충격으로 다가왔기 때문이다.

그러나 그것도 잠시뿐.

곧 평상시와 같은 무심한 표정을 회복한 신궁령주가 말했다.

"그렇다면 확실히 개방의 짓은 아니겠군. 현재 청양 부근에 그 같은 무위를 지닌 개방의 고수는 존재하지 않으니까."

"그렇습니다. 게다가 특이하게도 3조를 몰살시킨 자는 창을 사용한다고 판단됩니다."

"창? 그렇다면 관부에서 끼어들었을 가능성도 있겠군?"

"그렇습니다. 그러니 이번 청소는 더는 진행하지 않고 빠른 철수를 단행해야 한다고 생각합니다."

"확실히!"

일궁의 말에 동조의 뜻을 보인 신궁령주가 눈살을 찌푸려 보였다.

"철목령주 추격에 나선 1조와 2조에게선 아직 연락이 없던 가?"

"장기전이 될 가능성도 배제할 순 없을 듯합니다."

"그럼 철목령주에 대한 사냥 건은 일단 책임자인 이궁(二弓)에게 맡겨놓도록 할까?"

"현명한 판단이십니다."

"그럼 곧바로 사냥의 흔적을 지우고, 퇴각을 지휘하도록 해!"

"신궁령주님께서는 함께하시지 않으시려는 겁니까?"

"3조 녀석들의 복수 정도는 해줘야 하지 않겠나?"

"그럼……."

"3일 후, 벽조령에서 합류하도록 하지."

"…존명!"

일궁이 지체 없이 복명했다.

눈앞의 신궁령주!

아주 오래전 대막의 공포로 군림하던 청랑광혈단(青狼狂血團) 시절부터 그에겐 살아 있는 신이나 다름없었다. 그가 내린 명령을 거역할 이유가 없었다.

숭인학관.

운호와 호평을 개방 청양 분타가 위치한 관제묘에 데려다주느라 악영인이 귀가한 건 거의 저녁이 다 됐을 무렵이었다.

슬슬 어둑어둑해져 오는 하늘.

오랜만에 잔뜩 피를 머금은 자신의 장창을 분리해 요대로 찬 악영인의 안색은 살짝 굳어 있었다.

그가 몰살시킨 정체불명의 궁수 부대!

운호와 호평이 중상을 당한 걸 보고 조금 흥분해서 몇 가지 놓친 부분이 있었다. 이만한 전력의 궁수 부대는 그가 활동하던 관외에서도 그리 흔하게 볼 수 없는 정예란 점. 운호와 호평을 관제묘로 옮겨 놓은 사이 그들의 흔적이 감쪽같이 사라진 점 같은 것 말이다.

생각할수록 자신이 한심했다.

관외!

중원에서도 가장 치열한 전장의 나날이 계속되는 곳!

그 아수라장에서 매일같이 크고 작은 전쟁을 치러왔던 악영인에게 있어서 이번 일은 굴욕이라 할 수 있었다. 이번처럼 중요한 부분을 놓친 후 부대가 전멸에 가까운 타격을 당한 일이 비일비재했기 때문이다.

'하지만 내가 느슨하게 대처했던 걸 인정한다고 해도 이번 일은 이상한 게 한, 두 가지가 아니다. 내가 알기로 섬서성은 중원에서도 정파의 세력이 가장 강한 곳이고, 관외와 달리 국경선 인근에 위치하지도 않았다. 이렇게 상당한 규모의 정예 병들이 날뛰는 상황은 분명 일반적이지 않은 일이라 할 수 있을 것이다.'

일반적이지 않은 상황!

긴급을 요하는 상황을 뜻한다.

전장에서는 이와 같을 때 바로 경계경보가 발령되고, 모든 병사들이 하루 종일 경계태세에 돌입한다. 언제 적의 대규모 도발이나 침략이 벌어질지 모르기 때문이다.

그게 악영인의 전장에서 단련된 본능을 자극하고 있었다.

위기의식!

생존의 본능을 말이다.

그래서 눈살을 찌푸린 채 숭인학관 앞을 서성이는 악영인을 이현이 발견하고 손을 흔들어 보였다.

"여어! 무산 뭐 해?"

"아, 형님! 어딜 가시는 겁니까?"

"밥 먹으러."

"아직 식사가 가능한 시간이었습니까?"

"아니."

"그럼 어디로 식사를 하러 가시겠다는 겁니까?"

"마실."

"마실? 설마 이 시간에 청양 시내로 나가시려는 겁니까? 이야! 이거 오랜만에 형님다운 호쾌한 결정이십니다!"

언제 고민에 빠져 있었냐는 듯 악영인이 재빨리 이현에게 달라붙었다. 반드시 그에게 빌붙겠다는 의지를 불태우면서 말이다.

이현이 정색을 했다.

"딱 떨어져라!"

"혼자 가시겠다고요? 그럼 저는 곧바로 목 소저에게 달려갈 수밖에 없지 않겠습니까?"

"그렇게 나오기냐?"

"당연히 그렇게 나오겠지요!"

단호하고 일관된 악영인의 대응에 이현이 피식 웃어 보였다. 애초부터 그를 떼어놓고 나갈 작정이었으면 부르지도 않았을 터였다.

"그래, 가자! 같이 마실 나가러!"

"형님, 최고!"

악영인이 바짝 달라붙자 이현이 인상을 써 보였다.

"임마, 더워! 당장 떨어지지 못해!"

"그게 형님 때문에 하루 종일 고생한 아우한테 할 소리입니까? 개방의 어떤 형제들은 서로 상대방 대신 자기가 죽겠다고 난리던데!"

"개방의 어떤 형제들?"

이현이 반문과 함께 악영인을 살펴보곤 갑자기 코를 킁킁거리기 시작했다.

"뭐, 뭐 하시는 겁니까?"

악영인이 질색했으나 이현은 개의치 않았다. 그는 더 심하게 코를 킁킁거려서 결국 악영인을 떨어지게 만들고는 무언가 깨달았다는 표정을 지어 보였다.

"너, 점심 때 닭고기 먹었구나?"

"그……."

"맞지! 맞아!"

"…그게 뭣이 중헌디 그러쇼!"

"자식, 또 이상한 말투 쓴다! 내가 그런 말투는 학관의 학생에겐 어울리지 않는다고 몇 번이나 말했냐?"

이현이 퉁명스러운 핀잔과 함께 손가락 하나를 뻗어서 악영인의 이마를 톡 건드려 보았다.

"엇!"

악영인이 가볍게 입을 벌렸다.

그냥 평범한 동작!

눈앞에서 아무렇지도 않게 움직인 이현의 손가락 놀림이 그를 당황하게 만들었다. 그 간단하고 뻔히 보이는 동작에 전혀 반응조차 보이지 못했기 때문이다.

그러거나 말거나 이현은 갑자기 말을 바꿨다.

"아! 귀찮아졌다! 마실은 다음에 나가도록 하자!"

"그, 그게 무슨 말이우! 왜 갑자기 마음이 변했는디 그라시오!"

"네 말투 때문에!"

"말투 고치면 되지 않수! 아니, 말투 고치겠습니다! 말투 고칠 테니까……."

"이미 늦었다. 마실은 다음 기회에 나가는 걸로!"

"…아, 진짜!"

악영인이 방방 뛰었으나 이현은 이미 손을 흔들어 보이며 객청 쪽으로 걸음을 옮기고 있었다. 악영인의 속을 확 뒤집어 놓는 한마디와 함께.

"그럼 나는 북궁 사제한테 가서 야참이라도 얻어먹어 볼까나?"

"날 버리고 또 북궁 애송이한테 간다고요!"

"어. 북궁 사제의 방에 요즘 맛있는 과자나 간식이 잔뜩 생겼거든."

"그런 것이라면 나도……."

"너도?"

"…아, 젠장할!"

할 말이 없어진 악영인이 버럭 짜증을 내고 자신의 처소로 달려갔다.

오늘은 여러모로 그에게 운이 없는 날인 듯하다.

그 모습을 잠시 지켜보고 있던 이현의 눈빛이 차갑게 가라앉았다.

평상시엔 결코 보인 적이 없던 눈빛!

바로 마검협의 눈빛이다.

출종남천하마검행 당시 강적과의 대결을 앞두거나 악당들을 박살 내기 전에 보였던 눈빛을 지금 다시 드러낸 것이다. 1차 초시 시험을 얼마 남기지 않은 이때에 말이다.

'무산이 녀석 몸에서 난 피 냄새는 한, 두 놈 것이 아니었다. 그렇다면 며칠 전 숭인학관에 나타났던 늙은이와 달리 떼로 날뛰는 놈들이 근방에 나타났다는 뜻인데……'

철목령주.

오랜만에 만난 강자였다.

악영인과 비교해 봐도 결코 떨어지지 않을 정도로 출중한 무위를 지녔고, 어쩌면 실전에서는 더 강할지도 모른다. 그 나이까지 무림에서 살아남기란 그리 쉬운 일이 아니었기 때문이다.

그래서 이현은 은야검이 폐인이 되었음에도 철목령주를 도망가게 내버려뒀다. 노강호에 대한 일종의 배려이자 측은지심의 발로라 할 수 있었다.

그런데 오늘 악영인의 몸에서 진한 피 냄새를 맡았다.

앞서 설명했듯 한, 둘이 아니었다.

적어도 수십 명이 넘는 숫자의 피냄새를 악영인은 온몸에 덕지덕지 묻히고 돌아왔다. 그리고 그가 한 말로 추측해 보자면 개방의 거지들과 관계된 싸움에 악영인이 휘말려 들었음을 알 수 있었다.

그럼 악영인은 왜 수십 명이 넘는 자들을 도륙했을까?

마검협이란 무명이 말해주듯 이현은 악인의 처리에 있어서 언제나 가차 없었다. 한번 악한 짓에 발을 들여놓은 무림인은 개과천선하기가 힘들고, 세상에 동시다발적으로 해악을 끼친다는 게 지론이었기 때문이다.

악영인 역시 같은 지론을 가지고 있었던 걸까?

이현은 달리 생각했다.

그동안 경험한 악영인은 무림인보다는 군인에 가까운 성향을 지니고 있었다. 개인적인 감정이나 은원보다 상관의 명령에 따라서 싸움에 나서는 삶을 살아온 것이다.

당연히 그가 오늘 살육전을 벌인 건 전적으로 이현의 책임이었다. 그의 명령에 따라서 개방의 청양 분타 거지들과 교류를 해왔고, 필요 이상의 학살극까지 벌이게 되었다. 자신의 의지와는 관계없이 말이다.

'…어찌 됐든 날 형님이라 부르고 따르는 놈을 살인귀로 만들어선 곤란하단 말씀이야!'

그게 갑자기 마실을 취소한 이유였다.

악영인에게 미안해서.

더 이상 그의 몸에서 피 냄새가 나게 할 수 없기에.

그렇게 생각을 정리한 이현이 뒤통수를 한차례 긁적거린 후 신형을 돌려 세웠다. 지금부터 몇 군데 들릴 곳이 있었다. 이 밤이 가기 전에 반드시.

第八章

청! 양! 철! 퇴! 불! 이! 행! 시! 몰! 살!

'쳇! 내 그럴 줄 알았다!'

악영인이 조금 전까지 이현이 서 있던 곳으로 돌아와 잘생긴 인상을 살짝 찡그려 보였다.

이현의 갑작스러운 변심!

잔뜩 성난 표정을 지어 보였으나 진짜 화가 났을 리 없다.

그냥 짐짓 그런 척해 보였을 뿐이다.

이유는 뻔하다.

자신을 보낸 후 이현이 무엇을 할지 궁금했기 때문이다. 과도하게 킁킁대며 냄새를 맡던 모습에서 그의 속내를 대충 눈치 챌 수 있었다.

그럼 이제 어떻게 해야 할까?

악영인은 잠시 고민에 빠졌다.

지난번처럼 이현의 뒤를 몰래 따라가고 싶은 마음은 굴뚝 같은데 뒷감당이 안 됐다. 정면으로 붙었다가 아예 상대조차 되지 못했던 기억을 가슴 한쪽에 똑똑히 간직하고 있었기 때문이다.

'그런데 형님, 1차 초시 시험이 얼마 남지도 않았는데, 이렇게 싸돌아다녀도 되는 건가? 이러다 시험에 낙방하면 완전히 체면을 구기는 건데 말야! 뭐, 그렇게 되면 살살 꾀어서 화산에나 놀러 가자고 해볼까나?'

어차피 이현 때문에 숭인학관에 눌러앉은 악영인이었다.

1차 초시 시험?

그다지 신경 쓰지 않았다.

어차피 시험에 낙방한다 해서 아쉬울 것이 전혀 없었다.

그래서 그는 이번 시험에 임하는 이현의 절실함을 전혀 이해하지 못했다. 무인 인생에 걸쳐서 처음 본 괴물 같은 무력의 소유자가 이현이었기 때문이다.

그렇게 심난한 마음에 이런저런 생각을 떠올리던 악영인이 갑자기 북궁창성의 방으로 발걸음을 돌렸다. 그가 활동했던 관외의 어느 나라에 이런 속담이 있다.

미운 놈 떡 하나 더 준다!

지금 악영인의 마음이 딱 그랬다.

근래 들어 목연과 함께 이현을 거의 독차지하고 있는 얄미운 북궁창성을 찾아가서 잠깐 놀아줄 작정이었다. 그의 방에 잔뜩 있다는 과자라던가 간식 같은 걸 왕창 뺏어 먹으면서 말이다.

'흥! 그렇게 그놈 거처에 먹을 게 싹 없어지면 형님도 조금쯤은 북궁 애송이와 함께하는 시간을 줄이게 될 테지!'

본심이다.

관외의 전신이라 불리던 파천폭풍참의 솔직한 마음이었다.

*   *   *

흠칫!

소화영은 초막 밖에서 나는 부스럭거리는 소리에 몸의 근육을 살짝 경직시켰다.

어느새 검집에서 뽑혀 나온 검.

며칠 전 급하게 얼기설기 만든 초막의 틈 사이로 교교하게 떨어져 내리는 달빛을 받아 파리하게 빛나고 있다.

'이럴 줄 알았으면 미리 칼날에 먹칠이라도 해놓을 것을!'

소화영은 조금 후회했다.

자신이 빼 든 검날에 반사된 달빛 때문에 혹시라도 초막 밖에 나타났을지도 모를 적이 경계할 것이 걱정됐다. 그로 인해 자칫 며칠 전 폐인이 될 정도의 심각한 중상을 당한 은야검을 지켜내지 못할까 봐 두려웠다.

은야검은 현재 그녀가 만든 초막 안에 혼절하듯 잠들어 있었다. 수일 전 정체불명의 고수에게 심각한 중상을 당하고 내공을 모조리 잃어버렸기 때문이다.

그래서 소화영은 근래 밤마다 몰래 숭인학관을 빠져나와 은야검을 돌보고 있었다.

내공을 잃어버리고 심각할 정도로 쇠약해진 그가 밤중에 혼자서 쓸쓸하게 죽게 내버려 둘 수 없었다.

누가 뭐라 해도 은야검과 월곡도 소화영은 잠영은밀대 최고의 양의쌍첨진을 완성한 잠영쌍위였다. 오랫동안 고락을 함께하며 북궁창성을 묵묵히 지켜온 사이인 것이다.

그때 초막 밖에서 들려온 친숙한 목소리에 자신의 검날을 몸으로 가리고 있던 소화영의 표정이 풀어졌다.

"쯔쯧, 밤에 검을 뽑아 들 때는 생사를 걸 각오를 해야 하는 법이라고 그렇게 가르쳤거늘!"

'대주님!'

소화영이 내심 소리치고 얼른 초막 밖으로 나갔다.

그러자 달빛 아래 당당한 체격의 장년 무인이 팔짱을 긴 채 서 있는 모습이 보인다.

서패 북궁세가 잠영은밀대 대주 참마도협 북궁한성!

명실상부한 북궁세가 10대 고수 중 1인.

금년 40세의 북궁세가 방계 제일의 천재 도객.

최연소 북궁세가 3대 무투부대의 대주직에 오른 철혈의 도객.

이 모든 것이 지금 소화영의 앞에 서 있는 장년 무인에 대한 세인들의 평이었다.

그러나 은야검과 소화영에게 있어 북궁한성은 조금 더 특별한 존재였다. 그들이 소속된 잠영은밀대의 직속상관일뿐더러 처음 검을 쥐었을 때부터 함께 수련했던 일종의 사형제와 같은 사이이기 때문이었다.

그래서 그랬을 것이다.

"대, 대주님!"

북궁한성을 보자마자 소화영은 울컥 눈물을 흘렸다.

은야검이 폐인이 된 이래 계속 참고 있던 서러움이 폭발했다.

북궁한성이 미미하게 고개를 끄덕여 보였다.

"은야검은?"

"안에서 정양 중입니다."

"네가 고생했구나."

"아, 아닙니다. 제가 부족해서 은야검 사형이 부상당하는 것을 막지 못했습니다."

"그렇지 않다는 걸 내가 안다."

"그렇지만……."

"그 건에 대해서는 더 말하지 마라!"

"…예."

북궁한성의 말에 얼른 소매로 얼굴을 훔친 소화영이 그를 초막 안으로 안내했다.

잠시 후.

자신의 내력을 이용해 은야검의 상세를 꼼꼼하게 살핀 북궁한성의 얼굴에 침중한 기색이 어렸다.

'나로서는 감히 상대할 수 없고 측량 역시 할 수 없구나! 은야검에게 내상을 입힌 자나 치료를 해준 자 모두! 도대체 이 작은 마을에 절세의 무위를 지닌 고수들이 두 명이나 출몰했단 말인가!'

은야검의 내상을 살피던 중 북궁한성이 느낀 솔직한 심경이었다. 그의 몸속에 남아 있는 철목령주와 이현의 흔적에 자신감이 뚝 떨어져 버렸다.

하지만 좋은 점도 있었다.

이현이 적절하게 손을 쓴 탓에 은야검의 내상은 이미 거의 치료된 상태였다.

단전이 폐쇄되었기에 여태까지 익힌 내공을 회복할 방법은 없으나 그 외의 상처는 이미 빠르게 아물고 있었다. 이대로라면 며칠 안에 병상을 털고 일어날 수 있을 터였다.

그때 상념에 잠긴 북궁한성에게 소화영이 조심스레 말했다.

"은야검 사형이 쓰러져 있던 곳에서 이런 책자를 발견할 수 있었습니다."

"책자?"

북궁한성이 고개를 돌리자 소화영이 이현이 은야검에게 남긴 본국검해본을 내밀었다.

"본국검해본? 이건……."

"제가 살펴본 바로는 중원의 검법은 아닌 것 같았습니다."

"…확실히 그런 것 같군."

빠르게 책장을 넘겨서 본국검해본의 내용을 살펴본 북궁한성이 눈살을 가볍게 찌푸려 보였다.

뭔가 손에 잡힐 것 같은데…….

왠지 잡히지 않는…….

그러다 그가 자신의 허벅지를 손으로 탁 내려쳤다.

"그렇구나!"

소화영의 눈이 동그래졌다.

'역시 대주님! 내가 파악하지 못했던 걸 대번에 알아채셨구나! 역시 연락드리길 잘했어!'

북궁한성이 소화영의 의문을 풀어주기라도 하려는 듯 본국검해본의 검초 하나를 가리키며 말했다.

"월곡도, 이 검초의 변화를 봐라!"

"이게 변화라고 할 것이 있나요?"

"그래, 매우 단순한 변화다. 중원 무공에 익숙한 사람에게는 눈에 차지 않을지도 모른다. 무학에 대한 이해가 떨어지는 사람이 본다면 그냥 삼류 잡서라고 치부할 수도 있을 것이다."

'잡서가 아니었다고요?'

소화영은 내심 반문을 던지며 얼굴이 살짝 달아오르는 걸 느꼈다. 북궁한성이 하는 말 하나하나가 그녀의 가슴을 사정없이 콕콕 찔러오고 있었다.

그러나 북궁한성은 지금 살짝 흥분한 상태였다.

소화영의 가냘픈(?) 여심 따위 신경 써줄 정신이 없다.

"이 단순한 검법의 요지는 쾌(快)에 있다. 중원 검법과 비교하자면 일종의 발검술과 비슷한 검류라고 할 수 있을 것이다. 다만, 중원 검법과 크게 다른 점이 존재한다. 바로 이 검법에 특별한 내공심법이 존재하지 않는다는 거다."

"내공심법이 함께하지 않는 검법이라면 그야말로 삼류에 잡술이지 않겠습니까?"

"중원의 무공 원리상으로 보면 분명 그렇다. 하지만 이 검법의 발검술은 조금 다른 형태인 것 같다."

"어떻게 다른 형태라는 것이죠?"

"그건……."

잠시 말끝을 흐린 후 뜸을 들이던 북궁한성이 진지한 표정을 지어 보였다.

"…아직 나도 확신을 갖지 못하겠지만, 내공의 도움이 없이도 상당한 수준의 쾌검법을 펼칠 수 있는 형태의 검법이란 생각이 든다."

"그게 가능한 일인가요?"

"내가 파악한 바로는 가능할 것 같다. 물론 그렇다고 해서 중원의 절정급 검법을 이길 수 있는 수준까진 요원한 일이겠지만 말이다."

"그럼 이 검법서를 은야검 사형 곁에 놔둔 사람은 좋은 사람이겠군요?"

"최소한 나쁜 의도는 없다고 봐야 할 것이다. 은야검의 내상을 치료해 주고, 내공을 잃어버린 그에게 가장 적합한 검법서까지 두고 간 걸 보면. 다만……."

"……."

"…지금 중요한 건 그게 아니다!"

"물론입니다! 북궁창성 공자님의 주변에서 이런 일이 벌어졌으니 반드시 엄중한 조사가 있어야 한다고 생각합니다!"

"그것도 그렇지만 섬서성에서 북궁세가의 무사에게 중상을 입힌 자와 도움을 주고 떠난 은인 모두에 대한 조사가 필요할 것이다. 둘 모두 결코 가볍게 보아 넘길 일이 아니니까 말이다."

"제게 명을 내려주십시오! 은야검 사형을 위해서라도 신명을 바치겠습니다!"

"이번 일은 내가 맡기로 했다. 월곡도는 지금까지처럼 북궁 이공자를 지키는 임무에만 매진하면 된다."

"그럼 잠영은밀대가 전부 나서는 겁니까?"

"그래, 이번 일은 잠영은밀대의 소관으로 결정되었다."

"……."

소화영이 입을 가볍게 벌린 채 잠시 아무런 말도 하지 못했다.

북궁한성이 한 말의 의미는 청양 일대 전체가 향후 북궁세가의 관할 하에 놓이게 된다는 것이다. 무림과 관계된 정보와 움직임이 하나도 빠짐없이 잠영은밀대를 통해 북궁세가에게 전달된다는 의미였다.

당연히 북궁창성과의 은밀한 한때를 즐기기를 원했던 소화영의 바람과는 거리가 멀었다. 속속들이 서로를 알고 있는 잠영은밀대 대원들에게 숭인학관에서 하녀 노릇을 하는 걸 들키는 건 그야말로 시간문제일 터였기 때문이다.

'역시 숭인학관에서 빠져나와야 하는 건가? 하지만 그렇게 되면 은야검 사형의 도움 없이 북궁 공자님을 지금까지처럼 지척에서 보호하기 어려워질 텐데……'

사실 북궁창성을 보호하는 것보다 더 큰 문제는 그와 헤어져야 한다는 사실이다.

근래 그의 주변을 배회하며 얼마나 즐거웠던가?

하루하루가 꿀을 빠는 것이나 다름없는 나날이었다.

그냥 죽을 때까지 이 같은 날이 계속되길 바라고 있었을 정도였다.

그런데 갑자기 상황이 급변했다.

더 이상 꿀을 빨 수 없게 되어버린 것이다.

그렇게 소화영이 자신의 운 없음과 불행을 생각하며 좌절하고 있었을 때였다.

슥! 스스스슥!

갑자기 세 사람이 앉아 있던 초막 주변으로 몇 개의 그림자가 빠르게 다가들었다.

북궁한성이 눈살을 가볍게 찌푸려 보였다.

"문제가 발생했군."

"예?"

"잠깐 나갔다 오마."

"……."

소화영이 뭐라고 하기도 전에 북궁한성이 초막을 빠져나갔다.

그러자 그의 앞에 속속 모습을 드러내는 그림자들.

바로 잠영쌍위와 마찬가지로 북궁한성 직속의 잠영은밀대원인 은밀사수였다.

"보고해!"

북궁한성의 명령에 은밀사수 중 첫째인 은밀일수가 앞으로 나섰다.

"청양 일대에 포진해 있던 잠영은밀대가 방금 전에 기습을 당했습니다."

"피해는?"

"그것이……."

잠시 머뭇거리던 은밀일수가 떨떠름한 표정으로 말을 이었다.

"…실질적인 피해는 전무합니다."

"뭐?"

"이번 기습으로 인한 잠영은밀대의 피해는 단 한 명도 없었습니다. 하지만 그 이상 가는 정신적인 피해를 당했다고 생각합니다."

말을 끝낸 은밀일수가 품속에서 한 무더기의 종잇조각을 끄집어내어 북궁한성에게 건넸다.

"이건……."

"방금 전 기습을 당한 잠영은밀대에게서 수거한 종이입니다."

"…으음!"

북궁창성의 입에서 침음이 터져 나왔다.

그럴 수밖에 없었다.

청! 양! 철! 퇴! 불! 이! 행! 시! 몰! 살!

차곡차곡 쌓여 있던 종이를 넘길 때마다 쓰여 있는 글자들이다. 종이 한 장마다 딱 한 글자씩만 적혀 있었다. 큼지막하고 투박하게 말이다.

굳이 길게 생각할 것도 없다.

명백한 협박!

그렇다면 이 협박성 글자가 적힌 종이는 어떤 식으로 잠영은밀대에 전달된 것일까?

북궁한성의 의혹이 담긴 눈빛에 은밀일수가 안색을 딱딱하게 굳힌 채 말했다.

"그 종이들은 잠영은밀대의 등에 붙어 있었습니다."

"등?"

"예, 이번에 청양에 도착해 대기하고 있던 잠영은밀대 전원이 어느 틈엔가 그 같은 종이를 붙이고 있었습니다. 그리고 누군가 그 종이의 존재를 알아채기 전까지 어느 누구도 기습을 당한 걸 눈치를 채지 못했습니다."

"그, 그게 무슨 말도 안 되는 소리예요!"

더듬거리며 소리친 건 뒤늦게 초막을 빠져나온 소화영이었다. 은밀일수의 얘기를 듣고 저도 모르게 기함을 터뜨리고 만 것이다.

은밀일수의 얼굴이 더욱 심하게 굳어졌으나 그는 소화영을 무시하고 북궁한성에게 보고를 계속했다.

"저도 맨 처음 보고를 받기 전까진 어설픈 농담이라 생각했습니다. 하지만 어느새 저를 비롯한 은밀사수 모두의 등에 똑같은 종이가 붙어 있다는 걸 알게 되었습니다."

"너희들 모두의 이목을 숨길 수 있을 정도의 초고수를 만났다는 뜻이군."

"그렇습니다. 그 외에 다른 가능성은 생각조차 나지 않습니다."

"알겠다."

북궁한성이 담담한 대답과 함께 잠시 침묵에 빠졌다.

어쩔 수 없다.

이 같이 상상을 초월하는 일을 당하고 보면 사고가 정지되지 않을 수 없을 테니까.

그러나 북궁한성은 북궁세가의 10대 고수이자 첩보 조직의 정점에 선 사람이었다. 일반적인 무인이 아닌 것이다.

곧 평정심을 회복한 그가 은밀일수에게 명했다.

"지금 이 시간부로 잠영은밀대는 청양에서 1백 리 밖으로 철수한다!"

"예? 그건……."

"항명은 용납할 수 없다!"

"…존명!"

단호한 북궁한성의 명령에 은밀일수가 복명하고 다른 은밀사수와 함께 다시 그림자로 돌아갔다. 북궁한성의 명령을 지금 당장 잠영은밀대에 전해야 했기 때문이다.

그 후 잠시 침묵에 잠겨 있던 북궁한성이 소화영에게 본국 검해본의 검법서를 넘겨주며 말했다.

"월곡도, 한동안 은야검을 네게 맡겨야 할 것 같다. 이 검법서는 은야검의 재기에 크게 도움이 될 물건이니 잠시 네가 맡았다가 그에게 전해주도록 해라."

"대주님, 잠영은밀대와 함께 행동하지 않으시려는 겁니까?"

"오늘 북궁세가와 잠영은밀대가 동시에 굴욕을 당했다! 나마저 이대로 물러난다면 어찌 북궁가 선조님들의 영정을 대할 수 있겠느냐?"

"……."

"염려 말아라! 나는 참마도협 북궁한성이다!"

당당한 자부심이 담긴 한마디를 남긴 채 북궁한성이 초막을 떠나갔다. 소화영에게 깊은 근심과 걱정, 그리고 은야검을 남겨놓고서.

*   *   *

긁적! 긁적!

이현은 뒤통수를 손가락으로 긁으며 철퇴하고 있는 잠영은밀대를 지켜보고 있었다.

그런 그의 얼굴과 옷자락 여기저기 먹이 묻어 있다. 달빛 사이로 언뜻언뜻 비치는 꼴이 그야말로 가관이 아니라 할 수 있었다.

이유는 뻔하다.

오늘 밤 잠영은밀대에게 상상을 초월하는 굴욕과 공포를 안겨준 당사자는 다름 아닌 이현이었던 것이다.

그럼 그는 왜 이런 짓을 벌인 걸까?

긁적!

다시 뒤통수를 긁은 이현이 내심 고개를 흔들어 보였다.

'아무래도 내가 착각을 한 것 같군. 야간임에도 불구하고 철퇴 시 철통 같은 방어와 행군을 겸하는 모습으로 볼 때 저들은 북궁세가의 무사들이 분명한 것 같으니 말이야. 그런데 왜 북궁세가에서 청양같이 작은 마을에 저런 정예 병력을 잔뜩 파병한 거지? 설마 북궁 사제를 지키던 무사가 부상을 당한 것 때문에 그런 건가?'

잠영쌍위의 첫째 은야검!

그는 며칠 전 텅 비어 있던 숭인학관을 보호하다가 철목령주를 만나서 심각한 내상을 당했다. 만약 당시 이현이 늦지 않게 도착해서 부상 치료를 해주지 않았다면 목숨도 부지하기가 쉽지 않았을 터였다.

하지만 이현 덕분에 그런 일은 벌어지지 않았다.

은야검은 목숨을 건졌고, 철목령주는 떠났다.

그 이후 별다른 일은 일어나지 않았다. 바로 오늘 낮에 성원장 방면을 감시하고 있던 개방의 풍운삼개 중 두 명이 중상을 당하기 전까진 말이다.

그래서 이현은 공부로 지친 머리와 배에 영양분을 보충하는 걸 포기하고 밤중에 숭인학관을 빠져나왔다. 악영인이나 풍운삼개같이 자신과 관계된 사람들이 피해를 입는 걸 원치 않았기 때문이다.

그리고 그러기 위해선 정확한 상황 파악이 먼저였다.

한줄기 바람이 되어 청양 일대를 한 바퀴 돈 이현의 눈에 띄는 한 떼의 무리가 있었다.

잠영은밀대!

대주 참마도협 북궁한성의 명에 의해 청양에 도착한 북궁 세가의 비밀첩보 부대의 움직임은 기민하고 은밀했다. 본래 그렇게 구성된 인원이고 훈련된 자들이니 어쩌면 당연하다고 볼 수 있다.

다만 이현의 눈에는 굉장히 의심스럽게 보였다.

그냥 놔둘 수 없었다.

그래서 그는 한동안 잠영은밀대의 뒤를 따르며 한 명 한 명 기습했고, 이제야 확신을 갖게 됐다. 자신이 완전히 헛다리를 짚었다는 것을 말이다.

그럼 이제 그들한테 가서 사과를 해야 할까?

딱히 그럴 생각은 없었다.

애초에 자신의 앞에 나타나서 의심을 품게 만든 그들이 잘못한 것이니까.

단숨에 결론을 내린 이현이 잠영은밀대에게서 시선을 떼어냈다.

그들의 정체를 파악한 이상 특별히 관심을 가질 필요가 없었다. 저렇게 자신의 말을 잘 듣고 있으니 더욱더 그러했다. 그게 쓸데없는 명령이었다는 건 차치하더라도 말이다. 사실 이제 더 이상 그런 건 중요하지 않았다.

'그럼 마저 주변 순찰을 해볼까?'

꼬르륵!

그때 이현의 배에서 격렬한 소리가 일어났다. 그와 함께 밀려든 상상을 불허할 정도의 허기감!

"아이고!"

이현이 그사이 쑥 꺼진 배를 끌어안고 바닥에 쪼그려 앉았다.

애초부터 배가 고파서 청풍채를 나왔다.

그런데 여태까지 헛심만 썼다.

마음 한켠에 인 공허감과 함께 긴장이 풀린 탓인지 폭풍과도 같은 공복감이 느껴졌다. 배가 고파서 한 걸음도 움직이기 힘들어진 것이다.

"이, 일단 무언가 먹어야겠다! 내 몸이 그렇게 하라고 땡깡을 부리기 시작했어!"

한 손으로 바닥을 짚은 채 중얼거린 이현의 신형이 갑자기 감쪽같이 사라졌다.

공복감과 함께 고개를 치켜 든 식욕!

지금 그는 위험한 생물이었다.

＊　　　　　　＊　　　　　　＊

덜컥!

갑자기 개방의 청양 분타인 관제묘의 문이 열리며 미친 듯이 바람이 불어왔다.

지금이 한여름을 코앞에 둔 때임을 생각하면 이해할 수 없는 자연 현상이다.

그러나 곧 관제묘 안이 난장판이 되었다.

픽! 퍼퍽!

관제묘 한쪽에서 불을 피우고 커다란 솥을 내건 채 개방 비전의 홍구육을 제조하는 데 집중하던 거지 두 명이 나뒹굴었다. 갑자기 관제묘 안으로 밀어닥친 광풍이 그렇게 만들었다.

"어이쿠, 이게 무슨 일이야?"

"도, 도대체 무슨 일이 벌어진 거야!"

개방 청양 분타주 위풍걸개와 풍운삼개의 첫째 장팔사모 장오는 각기 황망한 표정을 지어 보였다. 그들이야말로 관제묘에 남아서 홍구육을 제조하던 당사자들이었던 것이다.

한데, 갑자기 그들의 안색이 딱딱하게 굳었다.

그들을 이렇게 만든 광풍의 정체!

곧 밝혀졌다.

이현.

그는 홍구육이 든 솥 안에 손을 넣어서 큼지막한 고깃덩이 하나를 집어 들고 맹렬한 기세로 뜯어먹기 시작했다. 천하의 모든 종류의 거지가 모인다고 할 수 있는 개방에서도 참 보기 드문 먹성이란 생각이 드는 모습이었다.

물론 지금 중요한 건 그런 게 아니다.

곧 황망한 정신을 회복한 장오가 버럭 소리 질렀다.

"뭐 하시는 것입니까!"

"응?"

이현이 손에 쥔 고깃덩이를 놓지 않고서 장오를 돌아봤다. 입 역시 쉼 없이 움직이고 있다. 어떤 일이 있어도 지금 하고 있는 동작을 멈출 생각이 없어 보인다.

장오가 결국 한숨을 푹 내쉬었다.

"아닙니다! 그냥 먹던 거 다 먹고 얘기하십시다!"

위풍걸개의 태도는 달랐다.

"이놈! 우리 개방을 어디까지 무시하려는 것이냐!"

"분타주님, 잠시만 고정하십시오."

"고정하라니? 저 홍구육은 중상을 당한 운호와 호평의 몸보신을 시키려고 내가 친히 특제 비법을 총동원해서 만들고 있던 건데 저런 불한당 같은 놈한테 덜컥 내준다는 게 말이 되는가!"

"그야 그렇습니다만……."

"그건 그렇고, 장오 자네는 어째서 저 불한당 같은 놈을 두둔하는 건가? 혹시 나 몰래 그동안 둘이서 작당모의라도 했던 게 아닌가?"

의심에 찬 위풍걸개의 추궁에 장오가 난감한 표정이 되었다. 전날 이현에게 망신을 당한 후 위풍걸개가 꽤나 오랫동안 이를 부득부득 갈고 있었다는 걸 알고 있었기 때문이다.

게다가 본래 위풍걸개는 은근히 장오를 비롯한 풍운삼개를 견제하고 있었다. 애초에 그와 풍운삼개는 성향이 맞지 않았는데, 이현의 관제묘 분탕 사건으로 인해 완전히 사이가 틀어졌다고 할 수 있었다.

근데 바로 그때였다.

휙!

이현이 갑자기 집어던진 뼈다귀가 위풍걸개의 입에 강하게 틀어박혔다.

"케엑!"

위풍걸개가 숨 넘어가는 비명과 함께 바닥을 나뒹굴었다.

실제로 뼈다귀가 기도를 절반쯤 막았다.

콱 박혀서 쉽사리 빠지지 않았다. 고수급의 무공을 지닌 위풍걸개가 내공까지 일으켜서 노력했음에도 말이다.

'…간신히 조용해졌네!'

장오는 괴로워하는 위풍걸개를 곁눈질하며 내심 고개를 절레절레 흔들었다.

그때 손에 든 고깃덩이를 다 뜯어먹고, 다른 고기 하나를 집어 든 이현이 장오에게 말했다.

"휴우, 이제 좀 살 것 같네!"

'얼마나 굶었기에…….'

"동생들이 다쳤다고 들었는데?"

"…간신히 목숨만 건졌습니다. 귀공의 동생을 자처하던 악무산 소협에게 이번에 개방 청양 분타와 장모가 큰 신세를 졌습니다."

장오가 진중한 표정으로 크게 허리를 숙여 보였다. 그동안 악영인이 이현을 거의 친형처럼 말했기에 그에게 감사 인사를 한 것이다.

그러자 이현이 손을 흔들어 보였다.

"그들을 구한 건 내가 아니라 무산 놈이야! 이번 일에 한해선 오히려 내가 용서를 구해야 하는 셈이니까 그런 짓을 하지 마!"

"이 건은 불가항력이라 할 수 있습니다. 설마하니 섬서 땅에서 개방 제자를 건드리는 놈들이 있으리라곤……."

말을 잇던 장오가 잠시 털북숭이 얼굴을 붉혔다.

눈앞에 있는 이현.

벌써 몇 번이나 개방을 건드렸다.

지금 역시 태연하게 청양 분타인 관제묘를 무단침입해서 정성들여 요리하던 홍구육을 뜯어먹고 있었다. 이미 개방의 존엄성을 내세우기엔 적절치 못한 상황이 된 것이다.

그러거나 말거나 이현은 계속 홍구육을 뜯어먹으며 말했다.

"그래서 어떤 개자식들이 이런 짓을 벌였는지는 파악했나?"

"…그게 형제들이 아직 혼수상태에 빠져 있어서 정확한 적의 정체는 파악하지 못했습니다. 하지만 그들을 부상 입힌 게 화살이란 건 알 수 있었습니다."

"화살?"

"예, 악무산 소협에게 그 같은 일을 전해 듣지 못하신 겁니까?"

장오가 의아한 기색을 지어 보이자 이현이 어색한 표정으로 웃어 보였다.

"내가 요즘 좀 바쁜 일이 있어서 무산 놈하고 긴 대화를 나누진 못했거든. 그건 그렇고 여기 관제묘가 텅 비어 있는 건 그 화살을 쏜 놈들을 추격하기 위해서 몽땅 뛰쳐나갔기 때문이구만?"

"형제들이 이렇게 만든 자들을 청양 땅에서 순순히 떠나가게 만들 순 없으니까요!"

"뭐, 심정은 알겠지만 당장 거지들 다 돌아오게 해!"

"예?"

당황한 표정이 된 장오에게 이현이 서늘한 시선을 던졌다. 여태까지와는 확연히 달라진 차가움과 냉철함이 곁들여진 시선. 마검협의 본성이다.

"어째서인지는 몰라도 지금 청양 일대는 마계(魔界)나 다름없이 변했어. 개방을 무시하는 건 아니지만 청양 분타 정도의 인원만으로는 오히려 피해만 크게 입을 공산이 커."

"그렇다고 그냥 물러날 수 있겠습니까? 그건 개방 제자를 너무 무시하는 처사이십니다!"

"그럼 거지들 몽땅 죽일 셈이냐?"

이현은 크게 말하지 않았다.

그냥 담담하게 한마디를 던졌을 뿐이었다.

그러나 장오는 강력한 망치로 가슴을 얻어맞은 것 같은 충격을 느꼈다. 순간적으로 숨이 턱 하고 막혀왔다. 이현에게서 갑작스레 일어난 살벌한 기세에 공격을 받은 셈이 되었기 때문이다.

당연히 위풍걸개 역시 충격을 받은 건 마찬가지다.

가까스로 먹에 걸린 뼈다귀를 빼내고 있던 그가 다시 비명을 터뜨리며 바닥을 나뒹굴었다.

"커헉! 컥! 컥!"

덕분에 절반쯤 빼냈던 뼈다귀가 다시 목구멍 깊숙이 파고
들었다.

온몸을 바둥거리는 모습!

그야말로 한여름 뙤약볕에 논두렁에 내동댕이쳐진 한 마리
개구리나 다름없다.

그때 이현이 일으킨 기세에 억지로 저항하고 있던 장오의
얼굴이 변했다.

순간적으로 가라앉은 이현의 기세!

그와 함께 가슴을 짓누르고 있던 압박감 역시 눈 녹듯 사
라졌다.

이현이 말했다.

"장오, 잔말 말고 지금 당장 거지들 불러들여라. 쓸데없는
명예심이나 복수심으로 밑에 애들 희생시키는 쓰레기가 되고
싶지 않다면 말야."

"그리하면 형제들이 납득하지 못할 겁니다!"

"그래도 죽는 것보다는 낫지. 그리고 조금만 참아봐. 내가
납득할 수 있게 만들어줄 테니까."

'이 괴물이 직접 나서겠다는 뜻인가?'

장오의 얼굴이 살짝 환해졌다.

이현이 한 말의 의미, 굳이 깊게 생각할 필요도 없다.

무림인!

강호에서 칼밥을 먹는 자들에게 이 이상 가는 확답은 없었기 때문이다.

그때 이현이 고개를 살짝 옆으로 까닥이더니, 슬쩍 인상을 써 보였다.

"새끼들이 사람 뭐 먹지도 못하게 하네!"

"예?"

"나는 이만 가볼 테니까 곧바로 거지들 불러들여. 그리고 한동안 밖으로 나돌아 다니지 못하게 하고."

"그래도 되겠습니까?"

"돼!"

강한 한마디와 함께 이현이 손에 들린 홍구육을 다시 한차례 씹어먹고 다시 광풍으로 변했다.

오늘 밤.

그는 정말 쉴 틈이 없었다.

누가 그러라고 시킨 건 아니었지만.

*   *   *

소화영이 있던 초막을 떠난 후 북궁한성은 빠른 속도로 개방 청양 분타가 있는 관제묘로 신형을 날렸다.

이유는 단순하다.

중원 전역에 퍼져 있는 정보 조직 중 최고는 하오문과 개방이었다. 중원의 어디를 가나 여기서 특별히 벗어나는 일은 없었다. 그 지역의 패권을 완벽하게 틀어쥔 패자가 위치한 곳이 아니라면 말이다.

第九章

선량한 사람한테
칼질을 한 이유를 묻다!

　그런 면에서 북궁한성은 하오문이나 개방에 조금 친근한 입장이었다. 그가 책임자로 있는 잠영은밀대 역시 적진 침투와 탐문, 정보 취득에 특화된 조직이었기 때문이다.

　그래서 그는 잠영은밀대에게 철수 명령을 내린 후 곧바로 개방 청양 분타를 떠올렸다. 그는 이 구역의 개방 책임자인 위풍걸개의 사람됨에 대해 어느 정도 파악하고 있었다.

　'위풍걸개는 개방의 협개 치고 음주가무를 즐기는 자다. 적당히 은자를 찔러주면 청양 일대의 개방 조직과 정보망을 어느 정도 파악할 수 있을 것이다. 이런 일로 잠영은밀대를 희생

시킬 순 없지.'

북궁한성의 본심이다.

그에게 있어 잠영은밀대는 함께 피를 나눈 형제이고, 같이
무공을 익힌 사형제나 다름없었다. 숭인학관에서 유학하고 있
는 북궁창성과 달리 북궁세가의 방계 중 방계 출신인 그가 가
질 수 있는 전부였다.

당연히 위험한 일에 투입시킬 순 없다.

단 한 명의 헛된 희생도 용납할 수 없었다.

그것이 방금 전 내린 잠영은밀대 철퇴의 배경이었다.

그 같은 생각을 하면서 빠르게 신형을 날려가던 북궁한성
의 눈에 문득 이채가 어렸다.

'저건……'

그가 발견한 건 한줄기 광풍!

여태까지 그가 향하고 있던 개방 청양 분타가 있는 관제묘
에서 불어온 미친바람이었다.

하지만 세상에 이런 자연 현상이 갑자기 일어날 수 있을까?
그것도 여름이 시작되는 이런 계절에?

굳이 더 생각할 것도 없었다.

'…목표는 나로군.'

재빨리 판단을 내린 북궁한성이 신형을 멈춰 세웠다.

이유는 단순하다.

준비.

그의 성명절기인 북궁세가 삼대 도법 중 하나, 파천신도술을 가장 완벽하게 펼치기 위함이었다. 충분히 그럴 만한 자격이 있는 상대란 판단이었다.

슥!

그렇게 북궁한성의 신형이 가벼운 바람에도 흔들리는 풀잎을 밟고 섰다.

놀랍게도 미동조차 없는 풀잎.

무림의 이름 높은 경공 대가들조차 깜짝 놀랄 만한 광경이다. 북궁한성이 현재 펼치고 있는 신법이 초절정의 초상비(草上飛)였기 때문이다.

말 그대로 발끝으로 풀을 밟아도 그 끝이 휘어지지 않는 초절정의 경지!

특히 실전에서 이 같은 경공술을 펼치는 건 보통의 자신감만으로 할 수 없는 일이었다. 단 한 끗의 차이로도 생사가 갈릴 수 있는 게 실전이니 말이다.

그때 초상비와 함께 파천신도술의 발도술에 돌입한 북궁한성의 동공이 크게 확장되었다.

'온다!'

스파앗!

그와 함께 뽑혀져 나온 그의 애도 묵령(墨靈)!

칼날이 이름처럼 검다.

칠흑 같은 밤을 밝히는 달빛마저 삼켜 버릴 정도로 시커멓다.

묵령도가 순간적으로 발도되었다. 칠흑의 공간을 상상을 초월하는 속도로 가르고 지나갔다.

목표는 광풍!

확인과 동시에 북궁한성은 승부를 걸었다. 그는 자신을 향해 맹렬히 다가오고 있는 광풍의 정체가 오늘 밤 잠영은밀대를 기습한 자라고 확신했다.

그러나 북궁한성의 안색이 딱딱하게 굳어졌다.

'빗나갔다?'

회심의 일격!

자신의 파천신도술이 깃든 묵령도는 헛되이 칠흑의 공간을 가로질렀을 뿐이다. 어떤 절단의 감각도 주인인 북궁한성에게 돌려주지 않았다.

그럼 광풍은?

그쳤다!

북궁한성의 묵령도가 빠르게 가르고 지나간 공간의 바로 앞에.

이현이 풀잎 위에 특유의 자세로 쭈그려 앉은 채 북궁한성을 향해 말했다.

"위험하게 야밤에 뭐 하는 짓이냐?"

'설마 내가 파천신도술을 펼친 걸 알고 범위 밖에 멈춰 섰다는 건가?'

납득할 수 없는 일이다.

세상에 그 같은 일이 가능한 자는 존재하지 않는다고 여겼기 때문이다.

그래서 북궁한성은 확인해 보려 한다.

슉!

순간적으로 초상비를 거두고 공중으로 뛰어오른 북궁한성의 묵령도가 이현을 향해 일도양단의 기세로 내려 꽂혔다.

파천신도술 최강 절초 낙천묵뢰!

하늘에서 떨어져 내린 검은색 벼락이 쭈그려 앉아 있는 이현의 정수리를 노렸다. 아예 쪼개 버리려고 했다.

그러나 그때 이현의 어깨가 가볍게 움직였다.

철산고?

자세는 비슷하나 위력이 다르다. 이현이 펼친 고법(靠法)은 어깨와 등을 이용한 되치기의 용법이 담겨 있긴 했으나 그 속에 상상을 불허할 정도의 파괴력이 함유되어 있었다.

고강(靠罡)!

그렇게 말해야 조금쯤 비슷할 것 같다.

하늘에서 떨어져 내린 낙천묵뢰를 어깨를 한 차례 비트는 동작 한 번에 튕겨내 버렸다. 오히려 더욱 강력한 힘을 실어서 말이다.

"큭!"

북궁한성의 입에서 신음이 튀어 나왔다.

단 한차례의 격돌!

그것만으로 내상을 입었다. 이현이 받아친 고강에 몸이 완전히 밖으로 나뒹굴려는 걸 참다가 그리되었다.

게다가 그뿐만이 아니었다.

일순간 무너진 몸의 균형추를 맞추려다 북궁한성은 한쪽 발이 돌아가는 걸 느꼈다.

부러졌나?

그렇게까진 안 됐기를 바랄 뿐이다.

슉!

그의 신형이 분신되었다.

유성삼전도!

북궁세가 비전의 보신경이다. 수백 년의 세월 동안 갈고 닦여져 섬서성 무림을 대표하는 최고의 절학으로 우뚝 섰다. 다

른 어떤 문파의 보신경과 비교해도 결코 떨어지지 않는다고
자부할 만한 절학이기도 했다.

그러자 이현의 안색이 처음으로 변했다.

'유성삼전도? 역시 북궁세가 녀석이었던 건가!'

생각은 길었고, 대응은 조금 더 빠르다.

티앙!

문득 쭈그려 앉아 있던 풀잎 위에서 뛰어오른 이현이 발끝
으로 북궁한성을 걷어찼다.

한 번만이 아니다.

연달아 대여섯 번이 넘게 걷어찼다.

회심퇴(懷心腿)!

종남파 비전 무공이긴 하나 평범하다. 무림 문파에서 흔히
볼 수 있는 원앙연환퇴에 비해 특별한 점을 발견할 수 없었다.

그러나 이현의 회심퇴는 정확히 북궁창성의 유성삼전도의
맥을 끊어버렸다.

순간적으로 회심퇴에 걷어차인 몇 개의 그림자.

그림자 중 하나에서 북궁한성이 비틀거리며 튀어나왔다. 여
전히 손에는 묵령도를 들고 있었으나 얼굴에 담긴 건 깊은 절
망감이었다.

설마 북궁세가의 대표적인 절학 중 하나인 유성삼전도마저 이현이 단숨에 파훼할 줄은 몰랐기 때문이다.

'자식, 운이 없었다. 난 이미 몇 년 전에 최상급의 유성삼전도를 상대해 본 적이 있거든.'

천풍신도왕 북궁인걸!

당대 북궁세가의 가주이자 북궁창성의 부친을 떠올리며 내심 웃어 보인 이현이 북궁한성 앞으로 불쑥 다가들었다.

움찔!

북궁한성의 어깨가 가벼운 경련을 보인다. 이현의 변칙적인 행동에 허를 찔려 버린 것이다.

하긴 그것도 무리는 아니다.

이현은 연달아 북궁한성의 공격을 파훼하고, 반격을 가해서 단숨에 승세를 굳혔다. 이 같은 경우 대개의 무림인들은 패배를 인정하라 하거나 더욱 강력한 공격을 가해 생명을 빼앗았다. 더 이상 시간을 끌 이유가 없었기 때문이다.

'그런데 이 괴물 같은 청년은 도대체 왜 이런 무학의 상리를 완전히 어긋난 행동을 보이는 것인가?'

북궁한성은 이를 악문 채 얼굴을 일그러뜨렸다.

찰라의 순간, 불가의 백팔번뇌에 가까운 복잡한 상념이 그의 머릿속을 가득 채웠다.

그러거나 말거나 이현은 그의 면전까지 자신의 얼굴을 훅 하고 들이밀었다.

"북궁세가 출신의 얼굴은 아닌 것 같은데?"

"나, 나는……."

"방계로군! 그것도 좀 애매한 정도 위치로 말야! 그렇지! 내 말이 맞지! 맞을 거야!"

"……."

"대답이 없는 걸 보니, 내 예상이 맞구만. 그럼 어째서 길 가던 나같이 선량한 사람에게 대뜸 칼질을 해댄 걸까? 이런 걸 천풍신도왕이 허락했을 리 없을 텐데 말야?"

"이 건은 내가 스스로 선택하고 결정한 사항이다!"

"그러니 혼자 책임지겠다고?"

"그렇다! 그러니……."

"그러니 뭐? 사람한테 갑자기 칼질해서 죽여놓고 어떻게 책임질 건데?"

이현이 갑자기 시비조가 다분한 목소리로 목청을 높이자 북궁한성이 당황한 표정이 되었다. 평생 처음 본 극강의 고수 가 이런 식으로 추궁할 줄은 몰랐던 것이다.

그러나 그는 북궁세가가 낳은 굴지의 인재였다.

본가가 아니라 방계 중의 방계.

거의 위로 육대 조 정도는 위로 올라가야 북궁세가 본가와 관계를 얘기할 수 있는 위치.

그럼에도 북궁세가에는 북궁한성을 본가에 들여서 각종 절예를 아낌없이 가르쳤다. 그리고 끝내는 본가에서도 최고의 기재에게만 전수한다고 알려진 삼대 도법 중 하나인 파천신도술과 유성삼전도까지 습득할 수 있었다.

북궁세가의 오랜 역사에서도 방계 출신이 이 정도의 무공 성취가 가능했던 건 손가락을 꼽을 정도밖에 없었다. 그만큼 어렵고 고된 길을 북궁한성은 걸어왔고, 성취해 냈다고 할 수 있었다.

당연히 그에겐 긍지가 있었다.

북궁세가의 삼대 무투부대 중 하나이자 정보 총책인 잠영은밀대 대주에 스스로의 힘으로 오른 것에 대한 자부심이 말이다.

당황은 잠시 뿐.

곧 평상시의 냉철한 이성을 회복한 북궁한성이 말했다.

"당신이 선량한 사람인지는 모르겠지만 한 가지 분명한 사실이 있소!"

"뭔데?"

"당신은 결코 내 칼질에 죽을 사람이 아니라는 것!"

"칼질을 할 때부터 그런 확신을 가지고 있었다고 주장하려는 거야?"

"물론이오. 그렇지 않았다면 결코 처음부터 내 전력을 당신을 향해 펼치진 않았을 테니까."

'쳇! 북궁세가! 역시 천하제일세가라 불릴 만한 자격이 있다는 건가?'

이현이 북궁한성에게서 얼굴을 떼어냈다.

문득 사문 종남파의 면면들이 뇌리를 스쳐 간다. 장문 사형과 장로 사형들. 그리고 귀여운 일, 이대 제자들 중 관심을 갖고 지켜봤던 이들의 얼굴을 떠올린 것이다.

텃다!

전혀 상대가 안 된다!

천풍신도왕 북궁인걸은 고사하고, 눈앞의 북궁한성과 비교될 만한 사람도 생각나지 않는다. 일, 이대 제자들 역시 마찬가지다. 그들 중 어느 누구도 악영인이나 사제 북궁창성과 비견할 만한 인재가 없었다.

그게 현실이었다.

당대 종남파의 냉혹한 현실.

어쩌면 종남파의 전대 장문인 풍현진인이 인생 말년에 받아들인 이현에게 모든 걸 투자한 것은 이 같은 이유 때문일지도 모른다. 화산파에 나타난 천하제일인 때문에 쇠락을 거듭해가던 종남파의 마지막 명운을 이현에게 걸었던 것이다.

하지만 그 이현은…….

안타깝게도 지금 그의 가장 큰 관심사는 이제 열흘도 남지 않은 대과 1시험 초시였다.

초시 합격을 위해 오늘 밤도 부지런히 북궁창성이 만들어 준 예상문제를 외우다가 배가 고파 나왔다. 간단히 요기나 하고 오려다가 지금처럼 북궁세가의 기린아라 불리는 북궁한성과 싸우게 된 것이다. 중간에 꽤 많은 생략이 존재했지만 아무튼 그랬다.

'암튼 이 북궁세가 녀석이 날 원수처럼 대하는 건 역시 그거 때문인가?'

살짝 찔리는 기분에 이현이 어깨를 가볍게 추어 보였다.

"뭐, 그건 그렇다고 치기로 하고……."

"본인은 북궁세가 잠영은밀대 대주 참마도협 북궁한성이오! 귀하의 존성대명을 말씀해 주시기 바라오!"

"왜? 앞으로 내가 가는 길은 피해 가고, 내가 개입한 일에는 손을 떼려고?"

"향후 십 년간 그리하겠소!"

"고작?"

"십 년간 그리하겠소! 이는 본인뿐 아니라 북궁세가의 명예까지 건 맹세이니, 쉽게 생각하지 말아주셨으면 하오!"

"그렇게 쉽게 북궁세가의 이름을 팔아도 되겠어?"

"쉽게 내린 결정은 아니오!"

"그럼 그 쉽지 않은 결정, 내가 조금 수월하게 만들어주지."

"……."

"굳이 그런 맹세할 것 없이 앞으로 언제든 자신 있으면 청양으로 찾아와. 나는 숭인학관에 있으니까 말야."

"수, 숭인학관이라고 하셨소?"

"어. 북궁창성, 그 녀석이 내 사제야."

"……."

"그러니까 그 녀석 걱정은 앞으로 전혀 할 필요 없어. 설사 천하제일의 고수라 할지라도 그 녀석에게 위해를 가할 순 없을 테니까."

'그 말은 자신이 천하제일고수란 뜻?'

말도 안 된다.

있을 수 없는 일이었다.

그러나 북궁한성은 곧바로 이현의 말을 부정할 수 없었다.

화산파의 천하제일인 운검진인!

한때 그는 북궁세가의 전대 가주인 천하제일도 북궁휘와 함께 대종교의 난이라 불리는 무림의 대겁난을 일소시켰다. 이 야기책 속에서나 봤던 진짜 무림의 대영웅이라 할 수 있었다.

하지만 그런 그도 처음부터 천하제일인이자 화산파를 다시 중흥시킨 검종(劍宗)의 대종사였던 건 아니다.

천하 무림인들로부터 천하제일인으로 인정받기 전까지 그는 화악비천검신이라 불렸고, 화산에 은거한 후에는 그 같은 별호조차 버렸다. 북궁세가의 전대 가주였던 북궁휘가 천하제일도란 별호를 줄곧 사양했던 것과 마찬가지로 말이다.

그러니 지금 북궁한성을 전율케 만든 눈앞의 청년 고수가 후일 천하제일인이 되지 말라는 법은 없었다.

적어도 북궁한성은 그럴 가능성이 충분하다고 생각했다. 화산파의 운검진인도 곧 80세가 넘는 고령이었다. 언제 우화등선할지는 오로지 하늘만 알지 않겠는가.

그 같은 생각과 함께 북궁한성이 정중한 자세로 이현에게 포권의 예를 올렸다.

"방계이긴 하나 본인은 북궁창성 이공자의 조카뻘이 됩니다. 형장께서 북궁 이공자의 사형이라 하시니, 우리는 남이 아니라고 할 수 있을 것입니다."

'얼굴도 북궁세가와는 어울리지 않게 평범하게 생겼는데, 북궁 사제의 조카라고? 특별한 병이 있어서 겉늙은 게 아니면 적어도 사십 대는 되어 보이는데……'

이현은 북궁한성의 얼굴을 살피며 내심 고개를 가로저었다.

북궁세가는 그가 여태까지 본 중에 가장 미남미녀가 흔한 가문이었다.

대명이 쟁쟁한 도법보다 오히려 미남미녀의 질이나 양이 더 천하제일에 근접했다는 생각이 들 정도였다.

반면 눈앞의 북궁한성의 외모는 상당히 평범했다.

못생긴 건 아니나 북궁세가의 출신이라고 하기엔 혈통을 의심할 만한 소지가 있었다.

그래서 이현은 그와 손속을 나누고서야 북궁세가 출신임을 깨달았다.

그리고 지금도 조금은 혈통의 비밀이 있을 거라는 막장극다운 생각을 하고 있었다.

도대체가 눈을 씻고 찾아봐도 여태까지 그가 만나봤던 천풍신도왕 북궁인걸이나 북궁창성과 비슷한 점이 보이지 않았기 때문이다.

물론 이건 그저 이현의 속마음일 뿐이었다.

혹시라도 북궁한성의 마음을 상하게 할까 봐 최대한 속내를 숨긴 이현이 활짝 웃어 보였다.

"그 말이 맞아. 우리는 남이 아니라고 할 수 있어. 그러니까 하는 말인데, 이만 청양에서 떠나줘."

"그건 곤란합니다. 북궁세가의 무사가 중상을 당한 걸 조사해야만……."

말을 잇던 중 북궁한성은 깨달았다.

눈앞에 있는 이현.

괴물 같은 그가 바로 잠영쌍위의 첫째 은야검을 구해준 장본인임을 말이다.

그렇다면 그가 자신더러 청양을 떠나라고 하는 이유는 뭘까?

은야검을 부상시킨 자!

그 미지의 고수 때문일 거란 생각이 들었다.

은야검의 몸에서 발견했던 절대의 무위를 지닌 두 사람. 그 중 한 명은 지금 만나게 되었으나 다른 사람의 정체는 여전히 오리무중이었다.

눈앞에 있는 이현 역시 자신과 같을 것인가?

내심 의혹을 느끼며 북궁한성이 조심스럽게 말했다.

"…혹시 본국검해본이란 검법서에 대해 아시는 바가 있으십니까?"

"내공의 도움 없이 펼칠 수 있는 남해 쪽 해적들 사이에서 융성한 검류의 하나다. 북궁 사제의 호위 무사 하나가 부상을 당했기에 내가 남겨놨는데, 자네 부하였나 보군?"

"그렇습니다."

"그럼 알겠군. 내가 왜 청양에서 물러나라고 하는지를?"

"은야검을 부상시킨 고수 때문이 아닙니까?"

"그게 첫 번째!"

북궁한성을 향해 손가락 하나를 꼽아 보인 이현이 눈에 맹렬한 마검협의 기운을 담은 채 말을 이었다.

"두 번째는 이곳 청양과 숭인학관이 내 땅이기 때문이다!"

"……"

"그러니 어떤 종류의 무림 세력도 내 땅에는 한 발자국도 들어올 수 없다! 그게 내가 아끼는 북궁 사제의 가문이라 할지라도 말이야!"

"……"

"이거면 내 대답으로 충분할까?"

당당한 이현의 선언에 북궁한성이 결국 고개를 끄덕였다. 이 이상 가는 대답을 들을 수 없다고 여겼기 때문이다.

*   *   *

아침.

이현은 부은 눈을 비비며 청풍채를 빠져나왔다.

오랜만에 새벽까지 달려서(?)인지 온몸 근육이 마구 요동치고 있다. 당장이라도 폭발할 것 같은 활화산 상태가 되어 있는 것이다.

이럴 때의 이현은 위험하다.

흡사 굶주린 야수 같다고 해야 할까?

눈에 보이는 족족 이빨을 드러내며 흉맹한 기운을 뿌린다고 보면 될 터였다. 마검협이란 무명, 별다른 이유 없이 붙여진 게 아니었다.

"형님!"

그때 악영인이 이현에게 크게 소리 지르며 달려들었다. 평소와 같다. 그냥 그의 등을 덮치듯이 뛰어들었다.

다만 이현의 대응이 달랐다.

슥!

순간적으로 잠영보를 펼치며 악영인을 피한 이현의 손이 그를 붙잡아 그대로 바닥에 내리꽂았다.

"우왁!"

악영인의 입에서 절로 비명이 터져 나왔다.

그러나 그 역시 관외의 전신 파천폭풍참이었다. 실전에는 도가 텄다고 할 수 있었다.

이현에게 붙잡힌 순간 악영인은 이미 방어에 들어가고 있었다.

미묘한 신형의 이동!

교묘하게 이현에게 중혈이 제압당하는 걸 피한다. 그리고 강력한 반격!

몸이 거꾸로 공중에 뜬 찰라의 순간!

악영인의 발끝이 이현의 턱을 노렸다. 바닥에 머리가 닿기 직전에 확실한 일격을 먹이려 한 것이다.

턱!

애석하게도 이현에겐 아직 비어 있는 다른 손이 남아 있었다.

악영인이 펼친 회심의 반격은 이현의 손에 가로막혀 간단히 파훼되었다.

쿵!

그리고 거의 동시에 바닥에 처박힌 악영인!

스파앗!

그와 함께 이현의 수장이 움직였다. 땅바닥에 뒤통수부터 처박힌 악영인의 안면을 단숨에 뭉개 버리려 한 것이다. 마치 진짜 살기가 치솟아 오른 것처럼 말이다.

그러나 그것도 잠시 뿐.

압도적인 위력의 벽운천강수가 담겨져 있던 이현의 수장은 악영인의 얼굴 바로 앞에서 멈췄다.

"응?"

이현이 뒤늦게 자신이 한 행동을 깨닫고 잠시 멍한 표정을 지어 보였다.

무의식중에 벌인 일!

무의식중에 일어난 살기!

단지 마검협의 본성이 튀어나온 것일까?

잠시 혼란이 일었다.

한 번도 느껴본 적이 없었던 자신의 광폭한 행동에 섬뜩한 기분이 된 것이다.

그때 악영인이 신형을 굴려서 이현의 벽운천강수의 범위에서 빠져나왔다.

스슥!

그리고 신형을 일으켜 세운 그의 얼굴은 평상시와 조금 달라져 있었다.

살기!

전장의 한가운데에서 피투성이 싸움을 벌이던 때의 기세!

분명 그 같은 기운을 악영인은 뿜어내고 있었다. 이현 스스로도 놀란 광폭한 행동이 그의 전투 본능까지 끌어내 버린 것이다. 마치 연쇄작용처럼 말이다.

그때 이현이 벽운천강수를 거두고 고개를 흔들어 보였다. 이미 그의 전신에 서려 있던 살기는 흔적조차 없이 사라졌다. 마치 처음부터 존재하지 않았던 것 같이.

"너 이 자식, 자꾸 사람을 뒤에서 덮치는 짓 좀 하지 마! 깜짝 놀랐잖아!"

"까, 깜짝 놀라게 한 사람이 누군데 그딴 말을 하는 거요? 사람을 반쯤 죽일 것처럼 패대기를 쳐 놓고선!"

"그러니까 그런 짓을 하지 않으면 되잖아? 게다가 옷 좀 제대로 입어라! 가슴 섶은 다 풀어헤쳐져 가지고 말야!"

"…이런!"

이현이 살기를 거둬들인 후에도 전투 본능을 완전히 거두지 않고 있던 악영인의 태도가 확 바뀌었다. 나직한 탄성과 함께 자신의 앞섶을 살펴보곤 인상을 있는 대로 찡그려 보였다. 마치 뭔가 큰 실수라도 한 것 같은 모양새다.

그러거나 말거나 이현은 이미 딴짓에 들어가 있었다.

슬슬슬!

자신의 아랫배를 쓰다듬으며 이현이 시선을 식당 쪽에 던졌다.

"배가 고프구나! 배가 고파!"

그새 옷매무새를 바로 한 악영인이 이현에게 빈정거리듯 말했다.

"그 배는 거지가 들어찼수?"

"무슨 거지?"

"어제 날 물 먹이고 마실 가셨잖수? 나는 형님의 말에 깜빡 속아서 북궁 애송이 녀석하고 불쾌한 시간까지 보냈는데 말야!"

"아! 맞다! 북궁 사제가 있었지!"

이현이 손뼉을 치고 냉큼 북궁창성의 거처 쪽으로 걸음을 옮겼다. 그의 방에 잔뜩 있는 과자가 떠올랐기 때문이다.

악영인이 그 같은 속셈을 눈치채지 못했을 리 없다.

그가 얼른 이현에게 따라붙으며 말했다.

"북궁 애송이한테 가봤자 소용없을 거요."

"왜?"

"그놈 방에는 더 이상 먹을 게 남아 있지 않거든."

"뭐야?"

이현이 어느 때보다 큰 목소리로 소리치며 악영인을 돌아봤다. 어떤 의미로는 조금 전 일으켰던 광폭한 살기를 뛰어넘는 살벌한 기운이 그의 전신에서 뿜어져 나오고 있었다.

그러나 악영인은 태연했다. 이현의 이 같은 변화는 미리 예측하고 있던 바였다.

"뭘 그리 놀라시우. 본래 우리 공부를 하는 사람들은 개인적인 물욕이나 욕심에 초연해야 하는 법! 내가 어제 북궁 애송이를 설득해서 그놈 방에 있던 먹을 것들을 죄다 다른 학생들에게 나눠줬을 뿐이우. 정말 내가 생각해도 참 오랜만에 뿌듯한 일을 한 것 같수."

"끄으윽!"

이현이 악영인을 향해 주먹을 치켜 올렸다가 맥없이 내려뜨렸다.

어느새 저만치 모습을 드러낸 목연.

그녀가 두 사람을 발견하고 천천히 걸어오고 있었다.

아마도 이제 며칠 남지 않은 대과 1차 시험 초시에 관해 할 말이라도 있는 듯했다. 특히 가장 큰 골칫거리인 이현에게 말이다.

잠시 후.

도살장에 끌려가는 소 같은 표정으로 목연을 따라서 인재당으로 간 이현이 입을 크게 벌렸다. 목연이 그를 위해 며칠간 정리한 엄청난 양의 서책과 고문서에 기가 질려 버린 것이다.

"모, 목 소저, 이게 다 무엇입니까?"

"초시를 치기 전까지 이 공자가 숙독해야 하는 것들입니다."

"그렇다는 건……."

"예, 숙제입니다."

"…으헉!"

자신도 모르게 비명을 터뜨린 이현이 최후의 기력을 짜내 저항했다.

"목 소저, 제가 근래 청양쪽 재건 작업 일을 돕느라고 이렇게 많은 숙제를 할 여력이 없습니다! 그러니까 이 숙제는……."

"그럼 오늘부터 이 공자는 청양 재건 작업에서 손을 떼도록 하세요. 시험이 바로 코앞인데 수험생인 이 공자의 공부를 방해할 수는 없지요."

"…그러시지 않아도 됩니다만?"

"아니요! 학생에게 있어 공부는 무엇보다 중요한 일입니다! 후일 천하를 위해 큰일을 하려면 우선 공부를 해야만 하는 겁니다! 오늘부터 이 공자는 절대 청양 시내에 나오지 마세요! 이건 숭인학관의 학사로서 내리는 명령입니다!"

'정말 그러지 않아도 되는데……'

이현은 내심 반박하면서도 단 한 마디 말도 덧붙이지 못했다. 목연이 이렇게 나올 경우 결코 타협이란 없다는 사실을 잘 알고 있었기 때문이다.

＊　　　　＊　　　　＊

"무, 물! 물 좀……."

"사형, 물 여기 있어요!"

"…누, 누구?"

지독한 갈증에 억지로 눈을 뜬 은야검이 자신의 손에 물그릇을 쥐어주는 손길에 고개를 돌렸다. 자신을 챙겨주는 사람이 있다는 것에 놀란 것이다.

그러나 그는 곧 안도의 기색이 되었다.

그가 누운 침상 끝.

방금까지 꾸벅거리며 졸고 있던 월곡도 소화영이 눈을 비비며 앉아 있었다. 밤새 그의 곁을 떠나지 않고 병간호를 하고 있었음이 분명하다.

"워, 월곡도! 밤새 그러고 있었던 것이냐?"

"사형이 죽는 줄 알았거든요."

"내가 죽다니! 나 은야검이 어찌 호락호락 죽을 수 있겠느냐?"

"대주님도 그리 말씀하셨어요."

"대주님? 설마 대주님께서 오셨던 것이냐?"

"사형을 부상시킨 건 엄청난 고수였어요. 그런 자가 북궁 공자님 부근에 나타났는데, 어찌 대주님께 보고를 올리지 않을 수 있겠어요?"

"그, 그건 그렇다만……."

"대주님께서는 사형의 부상을 살펴보신 후 지금 이 시간부로 북궁 공자님을 호위 임무를 중단하라고 하셨어요. 그러니까 사형은 이곳에서 몸을 좀 추스른 후 북궁세가로 돌아가서 요양에 힘쓰도록 하세요."

"……."

"아! 그리고 이걸 받으세요!"

소화영이 은야검에게 건넨 건 이현이 그에게 남긴 본국검해본이었다. 본래는 그다지 흥미를 느끼지 못했으나 직속상관인 참마도협 북궁한성의 평가를 듣고 마음이 좀 바뀌었다. 부상으로 내공을 잃어버린 은야검에게 반드시 필요한 무공이란 인식을 갖게 된 것이다.

은야검이 의아한 표정을 지어 보였다.

"이건?"

"사형을 구해준 은인이 남긴 검법서예요. 대주님의 말로는 현재의 사형에게 가장 필요한 무공이라고 했어요."

"으음."

나직한 신음과 함께 은야검이 본국검해본을 받아들었다. 그 역시 소화영만큼 직속상관인 북궁한성에 대한 믿음이 강했다. 다른 사람이 아닌 그가 한 말이니, 따르지 않을 도리가 없었다.

그리고 이때의 선택으로 인해 후일 무림에는 한 명의 독특한 쾌검 고수가 나타나게 된다.

단 한 점의 내공도 없이 중원의 일류 검객들을 연달아 격파하는 신 검류의 탄생과 함께 말이다.

묵묵히 본국검해본의 책장을 넘기고 있는 은야검을 잠시 지켜보던 소화영이 자리에서 일어섰다. 중상을 입고 줄곧 혼수상태에 빠져 있던 그를 돌보느라 북궁창성에게 너무 오랫동안 떨어져 있었다는 생각이 들었다.

'지금쯤이면 북궁 공자님께서 일어나서 식사까지 끝마치셨

을 거야. 그럼 다시 청양 시내로 나가실 테니까 얼른 도시락을 만들어야만 해!'

근래 소화영이 가장 중시 여기는 일이었다.

이현 등의 방해로 인해 몇 번이나 실패한 끝에 그녀는 간신히 북궁창성에게 자신의 애처 도시락을 전달하는 데 성공했다.

그가 맛있게 애처 도시락을 먹는 모습 역시 확인했으니, 이젠 슬슬 진도를 뺄 때였다.

'지금쯤이면 북궁 공자님께서 자신의 방에 매일같이 과자나 간식을 가져다 놓는 가냘픈 여심을 깨닫게 되셨을 거야. 그리고 점차 궁금해 하시겠지. 도대체 어떤 묘령의 여인이 이렇게 자신에게 정성을 쏟는 건지에 대해서 말야. 그런 북궁 공자님한테 나는 실수를 한 척 애처 도시락에 과자 몇 알을 넣어 드리는 거야. 오호호호홋!'

완벽하다!

지나칠 정도로 완벽해서 살짝 소름이 돋을 정도였다!

그때 자신만의 세계에 빠져 두 볼이 살짝 붉어진 소화영을 멍청하게 바라보는 한 남자가 있었다.

은야검!

잠영은밀대 잠영쌍위의 첫째!

절대 누구에게도 밝히지 않았던 본명은 성무령!

그는 문득 목이 메여오는 것을 느꼈다.

'월곡도… 아니, 소화영 사매! 소 사매가 이렇게까지 나한테 깊은 마음을 품고 있었던 걸 모르고 있었다니! 나 성무령은 정말 무정한 사내였구나!'

밤새 생사를 헤매는 자신을 홀로 지키며 간호한 소화영.

놀랍게도 그녀는 성무령 때문에 잠영쌍위의 생명보다 우선되어야 할 소주군 북궁창성에 대한 호위마저 도외시했다. 즉, 자기 자신의 생명 그 자체보다 훨씬 더 성무령을 중요하게 생각했던 것이다.

그리고 이제 어쩔 수 없이 작별을 고하며 얼굴을 붉히고 있었다. 눈가에는 촉촉한 기운이 감돌았다. 아마도 어쩔 수 없는 이별의 순간을 홀로 힘겹게 견뎌내고 있는 게 분명했다.

그런 갸륵한 마음을…….

목이 메어오는 순정을…….

과연 가슴 깊숙이 파묻어두고 있어야 하는 걸까?

잠깐의 갈등 끝에 성무령은 결정을 내렸다. 사매 소화영의 진실된 마음을 받아들이기로 말이다.

"사매, 나는……."

"그럼 사형, 저는 바빠서 이만 가보도록 할게요! 부디 건강 잘 챙기세요!"

"…어?"

성무령이 어버버하는 사이 소화영이 초막을 재빨리 빠져나
갔다. 단 한 번도 뒤돌아보지 않고서 그리했다.

"하아! 사매, 결국 끝까지 내게 고백을 못 하고 떠나갔구나!
바보! 조금만 기다렸으면 내가 네 그 갸륵한 마음을 받아줬을
텐데… 아니, 진짜 바보는 나다! 사매의 마음을 이미 오래전부
터 알고 있었으면서 여태까지 모른 척 외면해 왔던 나!"

성무령이 한탄했다. 자신의 용기 없음과 소화영의 빠른 포
기, 모두에 대해서 안타까움을 느꼈다.

第十章

모사재인(謀事在人)
성사재천(成事在天)

피잉!

귓가를 긴장시키는 파공성!

놀랍게도 소리보다 먼저 화살이 날아들었다.

그냥 화살 하나가 아니다.

갑자기 몇 개로 분화되었다.

소리 소문 없이 은밀하게 날아든 화살이 파공성을 일으키기 직전에 몇 개의 작은 화살로 쪼개진 것이다.

이는 화살 속에 기관이 설치되어 있었다는 뜻.

파앗!

순간적으로 손을 내밀어 소화살 하나를 낚아챈 철목령주의 노안이 가볍게 찌푸려졌다.

피잇! 핏!

그가 낚아챈 것과 동시에 다른 소화살들이 어깨와 다리를 스쳐 갔다. 찰라의 순간, 신형을 빠르게 진동시켜서 호신강기를 일으켰음에도 그렇게 되었다.

'나에 대해 잘 알고 있는 놈이 쏜 화살이로구나! 그렇다는 건 망할 신궁령주 놈이 직접 추격에 나섰다는 뜻이렷다!'

신마맹주 직속 마궁철기대 대주 신궁령주!

철목령주와 신마맹에서의 직위는 동급이나 세력이 달랐다.

평생 혼자서 세외를 혈세하며 돌아다니던 철목령주와 달리 신궁령주는 신마맹주의 총애를 받는 자였다.

신마맹 초기부터 충성을 바쳐왔고, 그의 휘하에 있는 마궁철기대의 전투력은 막강하다고 할 수 있었다. 달리 신마맹 삼대 무투부대 중 하나로 꼽히는 게 아닌 것이다.

그러나 철목령주는 신궁령주를 그다지 높게 생각하지 않았다.

처음부터 무시해 왔다.

암기, 독, 화살 같은 걸 사용하는 자들…….

자신과 동일한 위치로 생각해 본 적이 없었다.

특히 부대를 형성해서 단체로 몰려다니는 자들에 대해선 더 그랬다. 진짜 무림인이 아니라고 생각했기 때문이다.

일대일의 대결!

오로지 자기 자신이 지닌 무위만으로 겨루는 승부!

그게 바로 평생 철목령주가 추구해 왔던 인생이었다. 삶이었다.

하지만 그는 십 년 전 치명적인 부상을 당했다.

평생 동안 믿어왔던 자들.

바로 함께 동문수학했던 사형제들에게 배신을 당했다. 독에 당하고, 암기에 몸이 찢기고, 함정에 빠져서 죽음 직전에까지 이르렀다.

그때 그를 구해준 게 바로 신마맹주였다.

그는 죽어가던 철목령주를 구해주고, 부상을 치료해 줬다. 그리고 배신자들에게 복수할 수 있게 해줬다.

은인!

죽을 때까지 갚아야 할 빚이 있는 은인이었다!

하나 철목령주는 신마맹주가 이끄는 신마맹과 처음부터 맞지 않았다. 그들의 신념이나 행동이 전혀 배짱에 맞지 않아 점차 겉돌게 되었다. 스스로 신마맹 내부에 적을 만드는 행동을 하게 된 것도 무리는 아니었다.

그래도 철목령주는 여태까지 단 한 번도 신마맹주를 배신할 생각을 하지 않았다.

어찌 됐든 그에게 목숨의 빚을 진 만큼 죽을 때까지 충성을 바칠 작정을 하고 있었다. 우연히 청양에서 이현을 만나기 전까진 분명 그랬다.

이현!

숭인학관을 찾아갔다가 만난 신비의 고수!

철목령주에겐 신마맹주 이후 만난 최고의 고수라고 할 수 있었다.

단 한 차례!

극히 짧은 순간 손속을 나눈 것에 불과하나 바로 알 수 있었다. 이현의 막강함을 말이다.

그래서 아쉬웠다.

당시 신마맹주의 존재를 지나치게 의식한 탓에 이현과 끝장을 볼 때까지 싸워보지 못한 것. 그만한 대적을 죽기 전에 다시 만나기란 결코 쉬운 일이 아닐 터였기 때문이다.

'그러니 나는 여기서 신궁령주 따위의 잡배에게 죽을 수 없다! 다시 숭인학관에 찾아가서 그와 못다 한 승부를 결착해야만 하니까!'

내심 눈을 빛내는 철목령주를 향해 다시 화살들이 날아들었다.

이번에는 연발이다.

그가 움직일 만한 공간 자체를 아예 없애 버리려는 듯 사방에서 화살이 쏟아져 내렸다.

그건 흡사 여름 하늘에서 갑자기 쏟아지는 소나기!

하나 철목령주는 개의치 않았다. 이현을 떠올린 순간 가슴속 깊은 곳에서 강렬한 호기가 치솟아 올랐다. 신마맹에 속한 이후 까맣게 잊어버렸던, 홀로 독행천하하던 시절의 치열함을 회복한 것이다.

도망?

어디로 도망을 간단 말인가?

천하, 그 자체가 자신의 집인 것을!

쾅! 콰르르르릉!

순간, 철목령주의 전신에서 구름 같은 강기가 일어났다.

천룡천강력!

밀종대수인과 함께 철목령주가 자랑하는 성명절학!

철목령주와 같은 사부 밑에서 동문수학했던 사형제들이 질투하고 탐냈던 포달랍궁 제일의 신공이었다.

그는 세외를 돌아다니던 중 우연히 포달랍궁 전대 고수의 절학을 얻었고, 그로 인해 절세고수가 되었다. 동문수학했던 사형제들은 물론이고, 무공을 가르쳐 줬던 사부보다 월등히 강해진 것이다.

당연히 그에게 있어 이 천룡천강력은 애증, 그 자체라 할 수 있었다. 자신을 평범한 무인에서 천하를 오시하는 절세고수로 만들어주고, 사형제들에게 배신을 당하게 한 것이 모두 천룡천강력 때문이었기 때문이다.

그래서 그는 평상시 거의 천룡천강력을 사용하지 않았다.

봉인해 뒀다.

천룡천강력에게 저주를 받았다고 여겨서였다.

하나 지금 이 순간, 마음이 바뀌었다.

이현!

그와 다시 싸우기 위해서 오랜 봉인을 깨고 천룡천강력을 발동시킨 것이다.

그럼 그 위력은 어떠했을까?

천번지복(天翻地覆)!

하늘이 날아가고, 땅이 뒤집혔다. 단 한 번의 봉인 해제만으로 철목령주를 중심으로 족히 수백 발이 넘게 떨어져 내리던 화살의 비가 모조리 사방으로 흩어졌다.

흡사 거대한 태풍에 휩쓸려 버린 것 같은 형국!

그 태풍의 한가운데 철목령주는 홀로 서 있었다. 마치 태초의 세상에 떨어져 내린 신인과 같이 그러했다.

*   *   *

슥!

마궁철기대를 이끌고 방금 전까지 철목령주를 사냥하던 장소에 도착한 신궁령주가 눈살을 가볍게 찌푸려 보였다.

아수라장?

난장판도 이런 난장판이 없겠다.

집요하고 조심스럽게 범위를 좁혀가고 있던 철목령주 사냥에 조금 전 큼지막한 구멍이 뚫려 버렸다.

'철목령주! 맹주님께서 신경 쓰던 자답게 숨겨놓은 한 수가 있었다는 것이로구나!'

신마맹주에게 직접 내려온 사냥 명령!

처음부터 쉬울 거란 생각은 하지 않았다. 신마맹주가 직접 내린 지령에는 쉬운 것이 하나도 없었기 때문이다.

그러나 사냥을 시작하고 얼마 지나지 않아서 신궁령주는 몇 가지 골치 아픈 일을 만났다.

평범한 소도시 청양에 뜬금없이 천하 사패 중 하나인 동패 산동악가의 고수가 나타났고, 곧 서패 북궁세가의 잠영은밀대마저 등장했다.

신마맹은 당금 천하제일인이 있는 화산파와 더불어 가장 신경 쓰이는 세력인 사패 중 두 가문과 맞상대를 해야 하는 상황에 처한 것이었다.

그래서 철목령주는 재빨리 선택했다.

청양 일대에 대한 완벽한 청소!

신마맹과 관련된 모든 것을 깨끗이 지워 버렸다!

철목령주뿐만 아니라 그동안 자금적인 문제로 공조를 해왔던 성원장까지 모두 정리했다. 단 한 명도 남기지 않고 몰살하고, 재산을 빼돌린 것이다.

몇 가지 어려움이 있었으나 개의치 않았다.

빠른 시간 내에… 누구도 모르게…….

해치웠다.

정리하는 데 성공했다.

그리고 마지막으로 남은 것이 바로 철목령주에 대한 사냥이었다.

가장 중요한 일! 핵심적인 일이다!

'그런데 이런 예기치 못했던 일을 만났으니, 어쩐다? 개방의 거지들은 그렇다 치고, 산동악가의 고수와 북궁세가의 잠영은 밀대의 존재는 무시할 수 없는데…….'

잠시 고민에 빠져 있던 신궁령주가 갑자기 뭔가 생각난 듯 나직하게 목소리를 높였다.

"일궁!"

"예!"

"섬서성 일대에 신마맹이 운용할 수 있는 자원 중 당장 쓸 수 있는 전력에 대해서 말해봐라!"

"동천(銅川)의 산왕단, 석천(石泉)의 쾌도림, 평리(平利)의 마왕마적대가 있습니다. 산왕단은 동천 인근에서 활동하던 산적들이 모인 놈들로 백여 명 가량이 움직일 수 있습니다. 그리고 쾌도림은 살수 집단인데 섬서 하오문과 연관되어 있어서 지금 당장 자원으로 사용하는 건 재고해 주시는 게 옳을 듯합니다. 그리고 마왕마적대는……."

목이 메이는지 잠시 침을 꿀꺽 삼킨 일궁이 설명을 이었다.

"…단숨에 3백 기의 병마를 동원할 수 있습니다. 근래 신마맹으로 포섭된 흉폭하고 잔인한 마적대라서 사냥몰이를 하는 데는 가장 이상적이라고 사료됩니다."

"마적대?"

"본래는 호북성 인근에서 활동하던 자들인데, 무당파에게 토벌당해서 섬서성까지 쫓겨왔습니다. 신마맹의 자원이 된 것도 살아남기 위해서 잠시 고개를 숙인 것이 분명하니, 오래 믿음을 줄 수 있는 자들은 아닐 것입니다."

"흠, 그럼 결정됐군."

"마왕마적대를 움직일까요?"

"그들이 움직였을 때 인근 지역이 입을 피해는 어느 정도인지도 계산해 놨겠지?"

"마적대 특성상 일반 백성들의 피해가 극심할 것입니다. 그 놈들은 짐승이나 다름없으니까요."

"평리에서 청양까지 이어지는 거리가 온통 피 냄새로 진동하겠군?"

"예, 그렇습니다."

"좋아! 마왕마적대를 움직이도록 한다! 청양, 그중에서도 개방 거지들과 관련된 구역을 모조리 쓸어버리도록 해!"

"철목령주의 사냥에 사용하시려는 게 아니었습니까?"

"철목령주는 누가 뭐라 해도 우리 마궁철기대의 사냥감이다. 마왕마적대는 화끈하게 난동을 부려서 그냥 청양 일대를 쑥대밭으로 만들어놓기만 하면 돼!"

"성동격서……."

동쪽에서 소리를 내고 서쪽에서 적을 친다. 상대를 기만하여 공격하는 걸 뜻한다.

"그래, 성동격서다! 자칫 청양 쪽에 집중될 수 있는 정파의 이목을 분산시키고, 그사이 철목령주를 사냥하는 것이다!"

"사냥 시간이 길어질 것을 우려하시는 겁니까?"

"길고 힘든 사냥이 될 것이다. 현재의 철목령주는 분명 그만한 사냥감이 되었어."

"……."

"그럼 바로 준비하도록!"

"존명!"

언제 이견을 보였냐는 듯 일궁이 신궁령주에게 복명하고 재빨리 신형을 뒤로 날렸다.

*　　　　*　　　　*

청풍채.

이현은 한숨을 내쉬며 자신 앞에 산처럼 쌓여 있는 과제물을 바라봤다.

게다가 그 산이 하나가 아니다.

두 무더기였다.

아침에 목연에게 받아온 숙제가 하나. 북궁창성이 며칠간 고생해서 만든 예비 시험 문제가 또 하나.

보고 있는 것만으로도 이현은 숨이 턱턱 막혔다.

마치 눈앞에 수천 명의 무인이 무수히 많은 창칼을 든 채 그를 노려보고 있는 것 같았다. 그 정도로 큰 압박감과 위기감이 점차 그를 조여오고 있는 것이다.

"음! 왠지 배가 아파오는구나! 혹시 어제 배를 내놓고 자서 배탈이라도 난 건가? 그래! 일단 측간을 가서 속을 깨끗하게 비운 뒤에 정갈한 마음으로 돌아와서 공부에 들어가는 게 좋겠어!"

딱히 누가 물어보지 않았다.

현재 청풍채에는 그 혼자뿐이었으니까.

그런데도 이현은 혼자서 열심히 변명을 늘어놓고 후다닥 탈출했다. 일단 측간에 가서 숨통을 틔우고 이후의 일을 생각해 볼 작정이었다.

그렇게 이현이 청풍채를 맹렬한 기세로 뛰쳐나왔을 때였다.

흠칫!

식당 쪽에서 큼지막한 10단 도시락 통을 들고 청풍채를 지나치던 소화영이 놀란 표정을 지어 보였다. 마치 도둑고양이가 먹잇감을 향해 몰래 다가가다가 들킨 것 같은 모양새다.

스윽!

그녀가 재빨리 품안의 10단 도시락 통을 몸 뒤로 숨겼다. 자연스럽게 그리했다.

그러나 이현이 누군가.

그의 음식에 대한 본능은 모든 상황을 뛰어넘는다. 초능력이라 해도 과언이 아니었다.

"이얏호!"

"뭐, 뭐 하는······."

갑자기 환호성을 터뜨리는 이현의 기합이 든 모습에 소화영이 질겁을 했으나 이미 늦었다.

스스슥!

어느새 한줄기 그림자로 변한 이현이 그녀가 뒤로 숨겼던 도시락 통을 낚아챈 지 오래였다. 어떻게 둘 사이의 거리를 단축했는지 기가 막힐 노릇이다. 진짜로 소화영은 그렇게 생각했다.

그러거나 말거나 이현은 어느새 10단 도시락 통의 첫 번째 뚜껑을 열고 있었다. 그런데 방금 전까지 배가 아파서 측간에 가려 했던 게 아닌가?

어찌 됐든 이현은 이미 그딴 일 따윈 까맣게 잊어버린 것 같다.

그때 소화영이 버럭 소리질렀다.

"…이 도둑놈아! 당장 그 손을 멈추지 못할까!"

"응?"

도시락 통 안에 든 고기 전병 하나를 집어 입에 넣고 있던 이현이 주변을 이리저리 둘러봤다. 마치 소화영이 말한 도둑놈이 누군지 전혀 모르겠다는 표정은 양념처럼 끼얹고 있었다.

'저런 뻔뻔한 놈을 봤나!'

소화영이 내심 치를 떨고 이현을 향해 손가락질 했다. 그가 다른 곳을 둘러보지 못하도록 대놓고 손가락으로 지목한 것이다.

"어딜 보는 거예요? 당신더러 한 소리예요! 당신!"

"나?"

"그래요! 그 도시락은 북궁 공자님을 위해서 내가 오전 내내 만든 건데, 당신이 도대체 뭐라고 뺏어 먹으려는 거예요!"

"아! 아아아아!"

"뭐가 아! 아아아아! 예요? 그보다 그만 좀 먹어요! 그러다 한 통 다 먹겠네!"

"그렇지만… 우물우물! 꿀꺽!"

소화영이 지적질을 하거나 말거나 이현은 부지런히 입에 넣은 고기 전병을 씹어 삼켰다. 정말로 방금 전까지 측간에 가려 했던 게 맞는지 의심스러운 모습이다.

그렇게 입안 정리를 끝마친 이현이 말을 이었다.

"…북궁 사제는 이렇게 많이 먹지 못하잖아?"

"그럼 다른 학생 분들하고 나눠 드시면 되잖아요?"

"그렇지! 바로 그거야!"

갑자기 소리를 친 이현이 다시 고기 전병을 손가락으로 집어 들며 말했다.

"그 다른 학생이 바로 나잖아?"

"절대 아니에요!"

"왜?"

"이 도시락은 어디까지나 청양 시내에서 열심히 땀 흘리면서 재건 사업을 돕는 분들을 위한 거니까요!"

"사람 차별하는 건가?"

"예!"

단호한 대답과 함께 소화영이 이현에게서 도시락 통을 뺏으려고 달려들었다.

획! 휘익! 획!

그러나 단지 마음뿐이다.

그녀보다 키도 크고, 덩치가 크고, 무공 역시 뛰어난 이현은 도시락 통을 내줄 마음이 전혀 없었다. 대뜸 도시락 통을 머리 위로 들어 올려 달려든 소화영의 손길을 이리저리 피했다.

소화영이 왈칵 화를 냈다.

"정말 이럴 거예요?"

"어."

태연한 이현의 대답에 소화영이 다시 소리 질렀다.

"이 도둑놈아! 당장 내 도시락을 내놓지 못할까!"

"도둑놈이라니, 너무 심한 말이잖아?"

"뭐가 심한 말이예요? 지금 이 공자가 하고 있는 짓이야말로 심한 짓이라고요!"

"하지만 나도 숭인학관에서 공부하는 학생이야. 북궁 사제와 동등한 입장이라고."

"전혀 두 사람은 동등하지 않아요! 일단 얼굴부터가 무척 큰 차이가 있다고요!"

이현의 눈에서 기묘한 광채가 일었다.

"호오? 그냥 막나가자는 거구먼?"

"뭐가 막나가자는 거예요? 도시락이나 훔쳐 가고 말야!"

"그럼 도시락을 내주도록 하지. 자!"

진짜 이현이 소화영에게 도시락 통을 내줬다. 그러자 소화영이 얼른 도시락 통을 받아 들려다 뭔가 이상함을 느낀 듯 방어적인 모습을 보였다.

"뭐죠? 무슨 짓을 하려는 거예요?"

"별 거 아냐."

"별 게 있는 것 같은데요?"

"그냥 이 길로 북궁 사제한테 달려가서 옆에 달라붙어 있으려고."

"목 소저가 이 공자는 초시가 끝날 때까지 청양 시내엔 얼씬도 하지 말라고 했잖아요?"

"그랬지. 하지만 내가 북궁 사제한테 가는 건 그리 어려운 일이 아니거든."

"하지만 그렇게 되면 목 소저가……."

"갑자기 혼자선 해결할 수 없는 문제가 생긴 거지! 그리고 저녁 무렵에 학생들이 학관에 복귀할 때까지 도저히 기다릴 수 없어서 북궁 사제를 찾아온 거야!"

"…거짓말쟁이!"

"북궁 사제도 그렇게 말할까?"

이현이 이죽거리며 말하자 소화영이 얼굴을 붉으락푸르락하다가 결국 체념한 표정이 되었다.

"도시락… 1단을 줄게요."

"3단까지!"

"그건!"

"3단까지!"

어느 때보다 엄격하고 단호한 이현의 말에 소화영이 이를 부득부득 갈면서 고개를 끄덕여 보였다. 이미 승부가 기울었다는 걸 인정할 수밖에 없었던 것이다.

'도둑놈! 도둑놈! 도둑놈!'

결국 소화영은 이현에게 내심 욕설을 퍼부으며 식당으로 돌아갔다. 도시락을 3단이나 빼앗겼기에 부족분을 다시 채워서 청양 시내에 찾아갈 작정이었다.

흠결이 난 애처 도시락!

북궁창성에게 줄 수 있을 리 없었다.

반드시 제대로 된 애처 도시락을 그에게 전해줘서 자신의 진정한 마음을 전달해야만 하는 것이다.

*   *   *

소화영에게서 도시락 세 개를 빼앗은 이현은 청풍채의 툇마루에 앉아 이른 점심 식사에 돌입했다.

다시 좀 전에 벌어진 일을 상기시키자면 그는 측간을 가기 위해 청풍채를 나왔다.

분명 그랬다.

그러나 방금 전까지 자신이 배가 아팠다는 사실을 까맣게 잊어먹은 듯 이현은 오로지 식사에 집중하고 있었다. 숭인학관의 하녀가 된 후 소화영의 음식 솜씨는 나날이 일취월장(日就月將)했다.

특히 일명 애처 도시락!

북궁창성을 향한 애끓는 마음을 한껏 담은 도시락 싸는 솜씨는 목연조차 따르지 못할 만큼 비범한 경지에 올라 있었다. 역시 사랑의 힘은 위대했던 것이다.

다만 애석하게도 여태까지 북궁창성은 단 한 번도 소화영의 애처 도시락을 제대로 맛보지 못했다.

항상 그의 곁에 달라붙어 있는 이현과 악영인!

두 사람이 문제였다.

소화영이 어떤 식으로 도시락을 전달해도 항상 두 사람이 달라붙었다. 귀신같이 나타나서 북궁창성에게 전달한 애처 도시락을 상당 부분 강탈해 가곤 했다.

바로 지금처럼 말이다.

"우걱! 우걱! 우물! 우물! 꿀꺽!"

이현은 단숨에 도시락 두 개를 해치웠다. 게눈 감추듯 한다는 말은 이럴 때 쓰는 말일 터였다.

그렇게 이현이 마지막 세 번째 도시락의 뚜껑을 벗기려 할 때였다.

덜컥!

저 멀리 숭인학관의 대문이 격하게 열리면서 악영인이 모습을 드러냈다. 한줄기 질풍과도 같은 속도로 청풍채까지 내달려 온 것이었다.

슥!

이현이 재빨리 마지막 도시락을 감췄다. 조금 전 소화영이 했던 것과 거의 똑같이 마지막 도시락을 자신의 뒤로 밀어놨다. 악영인이 등장한 것과 거의 동시에 그리했다.

'귀신같은 놈! 어떻게 알고 나타난 거지? 설마 청양에서 내가 도시락을 먹는 냄새를 맡고 달려온 건 아닐 테지?'

충분히 의심이 가는 상황이다.

이현만큼이나 악영인의 먹을 것에 대한 집착은 보통이 아니었기 때문이다.

그때 청풍채 툇마루에 앉아 있는 이현을 발견한 악영인이 환호성에 가까운 괴성을 발하며 달려들었다.

"형님! 난리 났습니다! 난리 났어요!"

"난리?"

"예, 난리가 났습니다! 아주 대형 사건이 터져 버렸어요!"

"뭔데?"

이현은 단답형으로 물었다. 아직 두 번째 도시락의 처리가 입안에서 완벽하게 끝나지 않아서였다.

악영인이 그 같은 낌새를 눈치채지 못할 리 없다.

"그런데 형님, 또 혼자서 맛난 거 먹은 겁니까?"

"먹었지."

"뭘 드신 거유?"

"점심밥."

"점심?"

"어. 혼자서 고독하게 시험공부를 하다가 주방 할멈한테 사정해서 시장기를 해결하고 있었어."

"그런 것 치고는 맛있는 냄새가 솔솔 나는 것 같습니다만?"

'개코 같은 놈!'

생긴 것 답지 않게 냄새를 기가 막히게 맡는 악영인을 이현은 내심 욕했다. 이러다 그에게 하나 남은 도시락을 뺏길 수도 있겠다는 생각이 들었기 때문이다.

그러다 갑자기 좋은 수가 생각났다.

"아! 그러고 보니 얼마 전에 북궁 사제한테 갖다준다면서 하녀 한 명이 식당에서 도시락을 만들고 있던데?"

"오호!"

악영인의 얼굴이 환해졌다.

북궁창성을 위한 소화영의 애처 도시락은 그도 익히 알고 있었다.

그동안 이현과 함께 몇 번이나 털어먹은 적이 있으니, 그 온갖 정성을 기울여 만든 맛을 잊었을 리 만무했다.

그러나 곧 악영인의 입가에 묘한 미소가 떠올랐다.

"형님, 그러고 보니 뒤에 뭔가 숨긴 것 같소만?"

"내, 내가 뭘 숨겼다는 거냐? 이상한 소리 하지 말고 배가 고프면 식당에 달려가서 하녀가 만들고 있는 도시락이나 뺏어 먹어라!"

"그건 언제든 할 수 있는 일이고……."

은근한 표정과 함께 말끝을 흐린 악영인이 갑자기 이현에게 달려들었다.

정확히는 그의 배후가 목표다.

순간적으로 악가비천행을 전력으로 펼쳐서 이현의 뒤로 빠르게 돌아 들어갔다.

"…형님이 숨긴 걸 뺏어 먹는 게 지금은 급하오!"

"망할 놈! 누가 빼앗긴다더냐?"

이현이 욕설을 내뱉으며 도시락을 들고 청풍채 지붕 위로 뛰어올랐다. 절대로 악영인에게 마지막 도시락을 빼앗길 수 없다는 굳은 의지를 드러낸 것이다.

그러자 악영인이 빙글빙글 웃으며 소리쳤다.

"푸하하핫! 내 그럴 줄 알았수! 형님 같은 먹보가 북궁 애송이 녀석의 도시락을 절대 그냥 놔뒀을 리가 없는 게지요!"

"10단이나 되는 도시락이었다! 10단!"

"10단?"

"그래, 그중 몇 개 내가 양보받는 게 뭐가 어떻다는 거냐?"

"누가 뭐랬수? 자알 하셨수!"

"쳇!"

이현이 나직이 혀를 차면서 품안의 도시락 통을 꼭 끌어안았다.

여전히 악영인에 대한 경계심을 풀지 않은 것이다.

악영인이 고개를 한차례 가로젓고 말했다.

"뭐, 그건 그렇고, 형님 성원장이 잿더미가 된 걸로 청양은 완전히 뒤집어졌수다!"

"뭐?"

"성원장이 잿더미가 됐다구요! 아무래도 청양에 불놀이에 맛들인 화마(火魔)들이 한꺼번에 몰려온 모양이우!"

"……."

이현이 눈살을 찌푸려 보였다.

성원장.

그가 은연중 흑랑방을 비롯한 청양 일대 대화재의 배후로 생각하는 곳이었다. 그동안 벌어진 사건들을 종합해 볼 때 그곳이 가장 의심스러웠기 때문이다.

'그런데 이번에는 성원장이 잿더미가 됐다? 이 역시 얼마 전에 개방 거지들을 공격했던 놈들의 짓인 건가?'

짜증이 인다.

이런 식의 도발은 용납할 수 없었다.

전날 참마도협 북궁한성에게 선언했듯이 청양은 이현의 땅이었다. 종남파가 위치한 종남산 일대와 마찬가지로 결코 다른 무림 세력의 침범을 용납할 수 없는 장소였다.

당연히 평소 같으면 이현은 곧바로 숭인학관을 박차고 성원장으로 달려갔을 터였다. 그곳을 샅샅이 뒤져 범인을 색출한 후 박살을 내고야 말았을 게 분명하다.

초시!

대과의 1차 시험이 바로 사흘 앞으로 다가오지만 않았다면 말이다.

'쳇! 현재로선 내가 할 수 있는 일이 없는 건가?'

내심 혀를 찬 이현이 세 번째 도시락 통을 열었다. 짜증 나는 심사를 먹을 것으로 풀어볼 요량이었다.

그 모습을 묘한 표정으로 지켜보던 악영인이 말했다.

"형님, 내가 한 바퀴 돌아보고 올까요?"

"그럴 필요 없다!"

"그러다 방화범들이 숭인학관에도 불을 지르려 하면 어쩌려고 그러시우?"

"그럼 명년 오늘이 제삿날이 되는 거지."

"역시 형님이시우!"

악영인이 이현을 향해 엄지손가락을 치켜올려 보이고 식당쪽으로 걸음을 옮겼다.

소화영.

그녀에게 또 다른 시련이 시작된 것이다.

*　　　　*　　　　*

대과 1차 초시 당일.

첫 닭이 울리자마자 눈을 뜬 이현이 자신 앞에 실신한 듯 널브러져 있는 북궁창성을 발로 걷어찼다.

툭!

"아!"

"잠이 오냐? 잠이!"

"제가 졸았습니까?"

"대놓고 자고 있더만!"

"죄송합니다. 이 사형과 이틀을 꼬박 밤을 샜더니, 체력의 한계를 느낀 것 같습니다."

"내가 중간 중간 내력까지 주입해 줬잖아! 그런데 북궁 사제가 먼저 곯아떨어지면 어떻게 해! 이러다가 오늘 내가 시험에 떨어지기라도 하면 어쩌려고!"

"본래 모사재인 성사재천이라 했습니다. 제가 최선을 다해 이번 시험에 나올만한 모든 문제를 미리 선별했고 이 사형은 외우셨죠. 우리 두 사형제가 그동안 할 수 있는 일은 다 끝냈으니, 이제 시험의 성패는 하늘에 맡길 때라고 생각합니다."

일을 꾸미는 건 사람이나 일의 성사 여부는 하늘에 달렸으니, 준비는 할 만큼 했으니 시험에 떨어져도 자기 탓은 하지 말라는 소리였다.

"그런 식으로 말만 그럴듯하게 하지 마! 북궁 사제는 나나 다른 학생들과 달리 시험도 보지 않고서 초시에 합격했잖아!"

"이 역시 하늘의 섭리라 생각합니다. 제가 미리 초시에 합격했기에 이 사형과 시험 당일까지 함께 밤샘 공부를 할 수 있었던 거니까요."

"뭐, 그것도 틀린 말은 아니지만 수험생 입장에선 북궁 사제 같은 사람이 무척 얄밉다고!"

이현이 핏발 선 눈을 비비며 인상을 써 보이곤 주섬주섬 예상 답안지를 챙겼다.

북궁창성의 도움으로 대부분 외웠긴 하나 아직 완벽한 건 아니었다.

자칫 외우지 못한 부분에서 시험 출제가 된다면 그동안의 노력이 모두 수포로 돌아갈 게 뻔했다.

북궁창성이 말했다.

"이 사형, 이제 그만 시험장으로 출발하시지요. 초시가 치러지는 순양(旬陽)은 청양에서 3백 리가 넘게 떨어져 있습니다. 아무리 이 사형의 무공이 뛰어나다 해도 시험이 시작되는 정오까지 순양에 도착하려면 조금이라도 빨리 출발하는 게 좋을 겁니다."

"3백 리 정도야 한 시진이면 도착할 수 있으니까 걱정할 필요 없어."

"한 시진 만에 3백 리를 주파하실 수 있다고요?"

"응."

"하아!"

북궁창성이 한숨과 함께 고개를 절레절레 흔들었다. 이현

정도 되는 초고수가 굳이 대과 시험에 목을 매는 게 납득이 가지 않았기 때문이다.

하지만 그로 인해 북궁창성은 이현에게 불치병이던 절맥증을 치료받고 있었다.

상부상조(相扶相助)!

북궁창성이 이현이 대과에 합격할 수 있게 도움을 주면, 그는 절맥증을 치료해 준다. 간단하고 확실한 관계였다. 굳이 이제 와서 이 완벽한 관계에 대한 의문을 품을 이유는 없었다.

때가 되면… 분명 이현이 이유를 말해줄 거란 믿음…….

북궁창성에겐 존재했다.

그를 진짜 자신의 사형으로 믿고 의지했기에.

"으하아아암!"

크게 기지개를 한 이현이 북궁창성의 어깨를 토닥이면서 말했다.

"북궁 사제, 그동안 고생했다!"

"이 사형……."

"나는 곧바로 순양으로 출발할 테니, 북궁 사제는 그동안 모자란 잠이라도 보충하도록 해! 그리고 부디 예상 문제가 시험에 잔뜩 나오길 기원해 줘. 만약 그렇지 않으면 우리 둘 다 망하는 거니까 말이야!"

"…건승하십시오!"

"어."

이현이 북궁창성의 응원을 뒤로하고 청풍채를 빠져나왔다.

어젯밤 싸둔 문방사우와 도시락이 든 봇짐 하나를 어깨에 멘 채 대과의 첫 관문인 초시가 치러지는 순양으로 출발했다.

*　　　　*　　　　*

두두두두두두!

거친 말발굽 소리와 함께 대지가 크게 진동을 일으키고 있었다.

뽀얗게 일어나는 흙먼지 속에서 움직이는 인마(人馬)!

족히 수백에 달한다.

섬서성의 도지휘사사나 관찰사에 속한 기마병이 대규모 훈련에라도 나선 것일까?

그런 것은 아닌 것 같다.

관병 치고는 지금 격렬하게 이동하고 있는 인마의 행색이나 움직임이 무척이나 개성적이었기 때문이다.

군마라고 볼 수 없는 온갖 종류의 말들.

그 위에 올라타 있는 다양한 인간군상들.

그들의 손에 들린 병기 역시 정말 다채롭다.

도끼, 대도, 단창, 유성추, 철퇴…….

도대체 어떤 식으로 싸움을 벌일지 감도 잡히지 않는다. 어떻게 보면 농민들이 손에 잡히는 대로 집어 들고 전장에 징집당한 것 같은 형상이기도 하다.

하지만 곧 그 같은 생각은 흔적도 없이 사라졌다.

인마의 최선두!

선두에서 맹렬하게 채찍을 휘두르며 말의 속도를 높이는 자들은 저마다 사람의 머리를 꽂은 장창을 들고 있었다.

방금까지 살아 움직였던 남자, 여자, 아이의 머리통이다. 조금 전 그들이 휩쓸고 지나온 마을에서 얻은 일종의 전리품이었다.

마왕마적대!

사흘 전 호북성과의 접경지대에 위치한 평리에서 출발한 흉악무도한 마적단이 바로 이 인마의 정체였다.

신마맹 산하에 들어간 지 얼마 안 된 신흥 세력!

그렇기에 신궁령주에게 선택되었다.

철목령주 사냥에 방해받지 않기 위한 미끼로써 말이다.

그래서 그들은 지금 맹렬하게 진격하고 있었다.

청양과 순양!

그 사이에 대략 3백 리가량 이어져 있는 관도를 쑥대밭으로 만들면서 그리했다.

『만학검전(晩學劍展)』 3권에 계속…

이제부터 전자책은

이젠북

www.ezenbook.co.kr

 새로운 세계가 열린다!

김재한 『성운을 먹는 자』   철백 『대무사』
니콜로 『마왕의 게임』   가프 『궁극의 쉐프』
이경영 『그라니트:용들의 땅』   문용신 『절대호위』
탁목조 『일곱 번째 달의 무르무르』   천지무천 『변혁 1990』
강성곤 『메이저리거』   SOKIN 『코더 이용호』

이름만 들어도 황홀할 정도의 별들의 향연!
이들의 "유료연재"가 시작됩니다!

검색창에 **이젠북**을 쳐보세요! ▼

초대형 24시 만화방

신간 100%, 샤워실, 흡연실, 수면실(침대석), 커플석, 세탁기 완비

■ 시흥 정왕25시점 ■

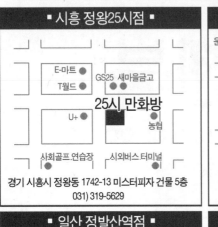

경기 시흥시 정왕동 1742-13 미스터피자 건물 5층
031) 319-5629

■ 강북 노원역점 ■

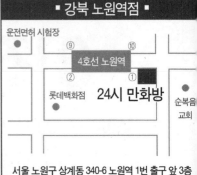

서울 노원구 상계동 340-6 노원역 1번 출구 앞 3층
02) 951-8324 (화용빌딩 3층)

■ 일산 정발산역점 ■

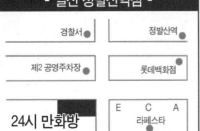

라페스타 E동 건너편 먹자골목 내 객잔건물 5층
031) 914-1957

■ 일산 화정역점 ■

경기도 고양시 덕양구 화정동 984번지 서일빌딩 7층
031) 979-4874 (서일사우나 건물 7층)

■ 부천 역곡역점 ■

역곡남부역 기업은행 건물 3층
032) 665-5525

■ 부평역점 ■

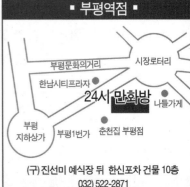

(구)진선미 예식장 뒤 한신포차 건물 10층
032) 522-2871